落在纸上的文字本是人生的残骸，
流散于时间的废墟，
然而它们却带着生命的温度和曾经的欢颜。

U1021026

废墟之欢

我的读书笔记

徐虹

作家出版社

徐虹

- 北京作协签约作家，中国作家协会会员，中国散文家学会会员。曾获老舍散文奖、冰心散文奖。2012年茅台杯《小说选刊》中篇小说奖。第八次全国作家代表大会代表。

- 1996年始创作。在《北京文学》、《青年文学》、《芒种》、《钟山》、《人民文学》、《延河》、《飞天》、《小说月报·原创版》、《黄河文学》等发表中篇小说、短篇小说、散文随笔约80万字。作品多被《小说选刊》、《小说月报》、《作品与争鸣》、《北京文学·中篇小说月报》、《中篇小说选刊》、《中华文学选刊》等转载。并入选《<小说选刊>2010年度最佳中篇小说选》，《<小说选刊>2011年最佳中篇小说选》等。

- 著有中篇小说集《青春晚期》（中国青年出版社）、散文集《有内容的眼神》（花山文艺出版社）、《上世纪的十七岁》（昆仑出版社）、《好像高雅》（中国青年出版社），及《徐虹中篇小说选》（春风文艺出版社）。另有长篇小说《夏日姐妹》（即出）、《北京之恋》（即出）。

- 现供职于《中国青年报》。

目录

纸上男女

沉想与心经

序

李敬泽

看了一遍，总觉得，徐虹之笔，正该写云出于岫、芝兰松柏，从郑振铎、张充和、张申府、金岳霖写下去，到了我辈俗子，却不该写。

徐虹也本该生在过去，而非现在。与徐虹闲聊，让人想起有关古女子的一个词：“敛衽”，她的态度里总有一种端正和认真，说着说着，她会忽然想起刚才好像没有说好，于是要返回来再补几针，就这么细针密线绣花一样说话，让人觉得她对自家事、世间事皆存着情意和珍惜。

这样一个人，如果写小说，她一定写不多，必是写得精审如绣。徐虹就是小说家，她的作品也确实不多，但这些小说的比重高，山重水复，层峦叠嶂，庭院深深，雾失楼台。这些小说里有一种低调、谨慎但是执著的拒绝，似乎是，写作使她拒绝这个大而化之、潦草混乱的世界，使她得以确认和肯定她的梦想：一个意味深长的、一花一木都不肯无端开放与凋零的世界。

这样一个人也是最好的读者，正所谓“理想读者”。徐虹的本职是记者，但这些文字不是记者文字，而是灵心慧性的读者文字，只是她读的不是书，是人。

读人难于读书，印在纸上的书，它在写的时候，其实已经被作者千遍万遍地读过，已经包含着作者的理解、整理和阐释，而一个活生生的人，他的生活、命运和性格，终究不是“作”出来的，这其中有太多的“人不知”、“不足为外人道”和“不自知”，所谓“自由意志”，所谓“自我”与“主体”，其实大多出于哲学建构而非关血肉，一个人毕生未必读得懂自己，况且他人来读。萨特说：他人是地狱。那是激愤之言，但他人即使不是来自地狱，恐怕也常常是来自火星。

而徐虹，就算是来自火星吧，她也是最善解人意的火星人。她不潦草、不武断，她敛衽而坐，用心地注视着你，绘制和绣制一幅幅画像。

这些人，有些我们没见过，但已被很多人反复写过和画过，有些则是今世有缘，握手、喝酒和聊天，但是，在徐虹的笔下，他们常常露出陌生的神情——陌生是对的，是一个人隐于暗影中的面相忽然被灯光照亮，是被一个敏锐和贴切的读者看出了草蛇灰线、羚羊挂角……

过去的人经得起如此读，现在的人呢？也许经不起吧，也许我们本就过得潦草，本就不是一本深思熟虑的书，本就是即兴笔墨、断简残章。

但谁知道呢？这本书放在这里，正可立此存照。而且它不仅是关于一群文人的行迹与知识，不仅是关乎现代以来精神、气运与人格的流变，其中更包含着一个对世界充满小心翼翼的探究热情的写作者的深思与发现，在这种发现中，她也在表达着她自身的态度和信念——即使是废墟中，她也相信残砖断瓦并非虚抛浪掷。

在博尔赫斯的玄想中，一个人在梦中到过了天堂，他醒来，发现他从天堂带回了一枝玫瑰；而徐虹，她是到过了废墟，然后，醒来注视这携自废墟的花，更敬重这人世，这岁月和生活。

谨序。

『文革』中的知识分子

杨沫：一生突围

杨沫的人生像一艘巨大的潜艇。《青春之歌》和张中行只是露在水面上的两截长短桅杆，潮湿而鲜亮，岂知潜藏于水下的是如此庞大而复杂的命运构成。老鬼的《我的母亲杨沫》不仅勾勒了大轮廓，而且力求逼真立体。犄角旮旯处的迂回曲折都写出来了——甚至写了她不光彩的一面，如晚年与比她小20岁的男秘书的暧昧关系。随着时间它们逐渐滑腻而失真，却反而令人性化的杨沫更加完整。她的一生基本属于“一个人的战争”。她没有主动伤害过别人。她本质上是一个偏于善、野性又偏执、冲动也轻信的温情主义者，只是一生缺少爱。《青春之歌》算是她的半个自传。写作于她来说，是虚荣、个人实现，更是生命的证词。

1931年她遇见张中行。她少女时代在家庭中受到了太多的冰冷和伤害——父母不和，各自寻欢作乐。而这个温情的学子，处事严谨、治学勤奋、多情多义，让她感受到高雅的情趣，也给了她呵护和尊重，“在她心中简直光芒四射”。她在他那里得到了巨大的、令人晕眩的幸福。她很快怀了孕。

她既不是张爱玲式的高贵的孤独，也不具备林徽因的优越感与贵族诗情，冰心式的温婉安宁不属于她，丁玲与她同属革命作家序列，但丁玲比她更粗放豪迈。

她身上流着湖南人的血，是一位吃辣椒长大的女性，这决定了她渴求动荡和冒险，又敏感多情，有着湖南人特有的执著、生猛，平庸的生活令她窒息。“她渴望投身到一个伟大的运动中去，即使危险丛生，也乐趣无穷。”1936年，她与张中行断绝关系，与老地下党员马建民生活在一起，他成为她的第二任丈夫。这时候她22岁，正怀着张中行的第二个孩子。

这个世界常常这样：当事人其时千钧一发，旁人往往无关要紧，权作笑谈。回看她的人生迂回曲折，围观处立刻伸出三五个脑袋，露出白牙齿，听房一样兴奋着。或许对于他们来说，这些上世纪的男女真是胆大妄为，恬不知耻。

老鬼这样描述他的母亲：她认准了一件事就死盯着不放。她猜测身边的哪些人是共产党，渴望与他们为伍。她每天挺着个大肚子缠着马建民要入党。她是如此真诚。她这时候想入党，原因很简单：就是觉着它好，它代表未来。

这时候的她，就是林道静。

每个人的性格与命运真是互为因果。年轻时代的经历，只是围棋盘上最初布置的几颗棋子，看似漫不经心，煞尾时却生死攸关。它们所决定的格局与大势，终会随着时间逐渐显

2012.2.

现。她顺着它走，无法突破宿命。值得玩味的是杨沫的后来。

对马建民的个人感情中有一点是不能忽略的，就是她把对共产党人的崇拜和仰慕完全集中在他的身上，为他罩了一层圣光。他为了安抚她，有一天对她说，党已经同意接受她，他就是她的入党介绍人。这于当时只是一种善意的谎言，但是多年之后，却成为一颗定时炸弹在“文革”中爆炸。这险些要了她的命。

1969年，马建民在政治高压下写材料，主动揭发了这个细节，说杨沫是“假党员”、“政治骗子”。当时的情形是《青春之歌》正在接受暴风雨加冰雹式的大批判，杨沫本人有心脏病。换句话说，他为了自保，出卖了她，并且知道后果。

这时候的杨沫，血液中的辣椒性终于被压榨出来了。她没有保持沉默、坐以待毙，而是反过来加倍地攻击马建民。她反驳说，她是被欺骗的。关键是，马也欺骗了党。她把他值得说而不能说的罪状，比如与邓拓的关系，等等，一一透露出来。这些都是可以置马于死地的利器。他们互相伤害，刀刀见血。这时候，他们已共同孕育三个孩子：姐姐小胖，老二青柯，最小的小波，也就是老鬼——说那些经过动荡岁月的人是经过了“血与火的洗礼”，真是一点不错。相较之下，当下的时尚人只是热衷于语言暴力，拿着板砖，看见血迹，听个响动，岂知这些“文革”的遗风余韵比起从前，已经温存多了。

人性在被逼仄到最后一步的时候，会被考量出质地。这个考量是残酷的，也是真实的。

人性和历史，同样值得玩味。

职场生存、利益竞争，大大小小、零零碎碎，同样是考量，周边都是眼睛。

杨沫在“文革”中，虽遭批判，却没有挨过一下打，与她同在北京文联的老舍命运就大不同了——她是怎么活过来的？

据浩然回忆，1966年，把老舍揪出来时，杨沫就在现场。她亲眼目睹了整个过程，恐怖至极。杨沫因为害怕，高血压、心脏病并发，瘫倒在屋里。

从1966年至1969年间，杨沫得到了浩然等人切实有效的保护。她虽然紧张，但是没有束手就擒，而是求生有法。书中说，北京电子管厂的造反派召开17万人的《青春之歌》批判大会，相关人杨述、蒋南翔等被拉上台批斗，唯独杨沫这个作者逃之夭夭。北影厂召开万人大会批判毒草电影《青春之歌》，导演崔嵬、演员谢芳全都挨了斗，杨沫这个编剧又逃脱了。“她拿出打游击的劲头，东躲西藏，稍有风吹草动就跑，毫不在乎别人怎么看。”

她的心思仅是用在如何自保上，对旁人少有攻击性，没有出卖过别人——尽管有时候，出卖不是因为恶毒，而是因为软弱。比如书中提到，北影厂编剧海默遭到批判后，她对他相当同情，却从没跟他划清界限，还曾借给他500块钱。那时候500块钱可是个大数目。海默是何许人呢？据说红卫兵抄他家时，他拿根大铁棍子，挡在门口大喊：“不许进我家！我这些书都是孤本、绝版，我要保护国家财产！”批斗他时，一位北影厂女士台下喊：“大流氓、反动作家海默低头！”海默当众回嘴："我是反动作家，可我不是国民党的小老婆！"把这位女士气得脸色发青，跳上台去狠狠抽了他两个耳光。

有人说，海默如不跟造反派硬顶硬闹，不至于后来被打死。相较之下的杨沫比较温情主义，只有唯唯诺诺，东躲西藏，她本质上不是那种斗争性很盛、朋友出了事就翻脸不认的"革命左派"——老鬼的话说到了骨子里。

她晚年百病缠身，却仍敢爱敢恨。但她没有与马离婚。可以想象，她固然恨他，但是中国人的宿命，正是把那些互相憎恨和厌恶的人，犬牙交错地压合在一起，让他们在生活的轮子里，吱吱呀呀地运转。至于她与秘书的传说，或者于她来说，只是在生活中突围罢了。

杨沫（1914～1995）：作家。代表作长篇小说《青春之歌》，描述了林道静等青年知识分子形象。自1958年问世以来，累计发行500万册，并被改编为同名电影。

郑振铎：适时退场

现在大部分的书，和大部分的恋爱一样，速成与速朽，让人脑子里来不及建立什么，就被更新的东西置换掉了。还得说以前的一些书让人觉着记忆深刻，内化为骨头血肉。我的阅读秩序颠倒，完全不合逻辑。记得最早正经读书，一上来居然是《郑振铎文集》。那时候大概还上小学，字还认不全。搞了一个红皮本子，一本正经地抄录下来，再胡乱配上插图。现在这个本子还在，搬家时刚好翻腾出来。好在他的文章多是断章式，一个段落就几行字。

比如《在电车上》：三等车里拥挤得不堪了，头等车里只坐着三个人。中间只不过隔了一扇玻璃门。愚蠢的人类，你们为什么不把这扇门打破了，大家坐得舒服些？！

还比如《成人之哭》：小孩子大声地哭，但是成人的眼泪却是向腹中流的。可怜的成人呀！

他的文字风格凝重，格调悲凉，其实很不适宜少年人读的。被囫囵吞咽的一整块沉重必须化作伤痛的腐水，慢慢流淌出来。我又不擅倾泻，只得梗阻于心，难以化解。后遗症就是在比较早年的时候就苦思所谓人生意义。岂知这些终极问题的最好解决是以不解解之。就像哲学系学生的最高境界是不学哲学。

此后屡读郑振铎，都有“只在此山中，云深不知处”之惑。那些瞬间的离近，只是永久的隔远。他的文字如开放的乱花，虽然源于性格与思想的根脉供养，却无法在阅读中被真正还原。

他的文字气质或许源于他早年艰难的生存处境。1924年4月，泰戈尔应邀来华，张君劢、徐志摩、郑振铎、殷芝龄、刘湛恩等前往迎接。在这前后，郑振铎的第一个恋人王世瑛之家庭对两人恋爱坚决反对。其原因即是，“郑家只一个寡母做针线维持生计”。后两人分手，郑陆续写下《枫叶》、《思》、《往事》、《忧闷》、《空虚的心》等表达痛楚。

他固然有着多愁善感的一面，却也有着暴烈的血性。他在1925年《迂缓与麻木》一文中写：“英捕与印捕，乘了高头大马，闯上行人道，用皮鞭驱打行人。被打的人在东西逃避。一个青年，穿着长衫的，被驱而避于一家商店的檐下，英捕还在驱他。他只是微笑地躲避着皮鞭。什么反抗的表示也没有。这给我以至死不忘的印象！”“……我们亦可看出我们中国民族的做事是如何的迂缓迟钝，头脑是如何的麻木不灵。”

在陈福康所著《郑振铎传》中可以看出，那些文人身上的毛病，他却少有。他为人谦和敦厚，热情宽宏。书中提到，1920年，郑振铎、沈雁冰等在北京发起成立“文学研究会”。然而，后来成立的创造社，却把“文学研究会”当成假想敌。郭沫若、郁达夫、成仿吾等都激烈地攻击过郑振铎和沈雁冰，甚至用了污言秽语。但郑振铎从来没有回骂一声，内敛而隐忍，时时表现于他的为人与为文。

1949年，郑振铎在地下党的安排下，参加中国人民政治协商会议。3月，参加了在西苑机场迎接毛主席的阅兵式。他刚到北平才11天，就作为即将取得全国胜利的中国人民代表，去巴黎（后改为布拉格）出席世界和平大会。周恩来特意指示，要为他们每人做一件貉皮大衣。

上世纪50年代以前，是中国知识分子的好时光。时任新中国第一任文物局局长的郑振铎，最早提出了重新整理、校点《二十四史》的建议。“文革”前的我国古典文学著作的整理出版，就是照这个规划进行的。1954年6月，北京市有人提出要拆除团城，他直接找了周总理，团城得以保留下来。半个世纪以后，人们仍然可以看见团城的飞檐上，暗色的金配合了暗色的蓝，树上满是惺忪的睡鸟。

然而时代的任何一场大旋涡，都不会放过一个角落。此后的“三反五反”，与文化界关系不大。1951年批《武训传》时，他因未看过这部电影，未写批判文章。1954年，忽然发起了对俞平伯《红楼梦研究》的运动。他颇感意外，但他仍未写批判文章。接着全国掀起批判“胡适反动思想”运动。他还在静观其变。

1955年，批“胡风反革命集团”掀起高潮。他与胡风接触不多，如果要说对胡风不好的印象，就是鲁迅说此人“易招冤家，有点神经质，文学理论上有些拘泥，写东西不够顺畅”等。终于，“他看了公布的三批材料，大吃一惊。在出国途中，赶写了一篇《人人要搜索每一个阴暗的角落》文章，发表于《人民日报》，表示自己与党政治上保持一致。”

“反右”声势浩大，文艺界人人自危。他应邀列席中国作家协会党组扩大会议批判丁玲、陈企霞、冯雪峰等。《郑振铎传》中这样记载：到了8月，夏衍作爆炸性发言，揭发冯雪峰1930年的“反党活动”。郑振铎受到很大震动。他觉得文艺界的斗争真是复杂，而很多事情自己并不了解。他想，自己只有一种原则，就是站在党的一边。

在一场场斗争中，他主要是“跟”。后来有人批判他的《中国俗文学史》，并要“拔掉郑振铎先生这面白色大旗”，他终于被裹胁着逐渐进入旋涡的中心。

何其芳在回忆郑振铎的文章中说，在整风运动开始以后，特别是整改阶段，郑曾说他读了《文学遗产》上发表的、批评他学术著作的文章，开头是很不高兴的。后来思索这些问题。他这个人是从来不失眠的，也居然在晚上睡不着觉。他认识到人有时需要大喊一声，浑身出汗，然后病才能好。所以他希望大家多批评，重一点也可以——这些话是说得很坦率、很诚恳的。

何说：“他翻译的泰戈尔的《新月集》和《飞鸟集》，也是我当时喜欢的读物。虽然他已快满六十岁了，却那样带有年轻人的气息，那样热情，那样精力充沛。他总是高声谈笑。他总是对人很坦率，使人感到对他完全不必有什么戒备。他总是不吝惜用热烈的话来称赞他觉得好的人，称赞他读过的好文章，称赞他新近得到的好书。好像他总是希望把他的快乐和人分享。”

郑是一个心地纯正的学问家。内心沉郁内敛，也豪放而有正义感，是义士和侠士。他当年与吴晗、邓拓、茅盾等人过从甚密。可以想象，如果他活到1966年，以他的个性和为人，也不过为中国的“文革”史再添一桩惨案罢了。1958年，他出访时飞机失事而遇难，命运为他安排了适时退场。

郑振铎（1898～1958）：文史学家、翻译家。我国建国后第一任文物局局长，后任文化部副部长。1958年率领中国文化代表团出访，因飞机失事遇难。

张充和：以慢，以淡

98岁的张充和的故事，按照流行的说法，确是“民国最后的闺秀”的故事。

张家四姐妹是清末淮军名将张树声之后。其中，张元和嫁给昆曲家顾传玠，张允和嫁给语言学家周有光，张兆和嫁给小说家沈从文。张充和是最小的妹妹。1948年她35岁时，结缡美籍汉学家傅汉思，次年移居美国，在耶鲁大学教授书法，传薪昆曲。按她自己的诗云，即是“十分冷淡存知已，一曲微茫度此生”了。

在海外华人中，余英时与张充和同为钱穆先生的学生。多年前钱穆先生90岁生日，两人曾合作祝寿诗——余英时写律诗，张充和将诗写成书法。一次，余英时来访，张充和把丈夫买来的裱盒改装成仿古的墨盒。她一边打开墨盒一边说：“看，我多么玩物丧志。”余英时说：“你即使不玩物，也没有什么志啊。”应该说，他们“相知最深”。

她还是七八岁的孩子时，她的姐姐们就知道她独来独往，与众不同。这几位书香门第的女子有着大都市年轻人的优势：上戏院，摩登，说着流行的话语。但她每日在祖母的老宅中，沉浸于诗书琴画，沉思默想，宁静内敛，几乎与世隔绝。1927年，合肥的上空出现飞机时，她竟以为那是巨大的风筝。1934年，她以算学零分、国文满分的成绩，入读北京大学中文系。她似乎从小就是一个不问世事的书生。

24岁时，她为自己编一本《曲人鸿爪》，收集各方昆曲名家、学士才人的即兴书画。

近由广西师范大学出版社出版的，张充和口述、孙康宜撰写的《曲人鸿爪》书中这样记述：张充和的继母韦均一工书画，擅昆曲，年长充和十五岁，两人常在一起唱曲、绘画。一次，继母兴起，在《曲人鸿爪》页里，画了一幅“充和吹笛”仕女图。那是一幅速写，画美人嘴唇时，客人正到，仓促间笔头失控，樱唇就成了一个红点。

1947年，张充和家举办昆曲会，盛友如云。如，前辈蔡晋镛和其长女蔡佩秋女士来访。蔡佩秋女士既精音律，也工书法，其夫婿范乘达（范仲淹第二十七世孙），其子范敬宜。1956年秋天，胡适先生在伯克莱的加州大学客座，也曾在《曲人鸿爪》册页里写下元代曲家贯酸斋所著《清江引》：若还与他相见时，道个真传示：不是不修书，不是无才思，绕清江，买不得，天样纸。张大千早年也在《曲人鸿爪》中赠她画作两幅，以形状张充和《思凡》身段。

可以想象，上个世纪中叶，张充和的生活风花雪月，海

棠结社，多么繁华。

她的近一个世纪的生活里，没有大的波澜和惊险，也没有被改造和异化。她的天性——艺术感，本身就是人性中最本真的部分——保存完好，而常人的艺术知觉早已在粗糙生活或者自我修整中磨灭，这不能不说是一个奇迹。

但她有时候却是绵里藏针。书中有这样一段故事：1935年，张充和在上海兰心戏院第一次演出《牡丹亭》的《游园》、《惊梦》、《寻梦》。由张充和扮演杜丽娘，大姐张元和扮演柳梦梅，由另一个苏州女子李云梅扮演春香。王季烈是著名的订谱专家，出身苏州仕宦人家，曾在末代皇帝溥仪身边任职。在昆曲方面，他最大的贡献就是编订了《集成曲谱》。《集成曲谱》一直是张充和多年来唱曲时使用的范本，即使在逃难时也不忘带在身边。李云梅不识字却聪明漂亮，但她在当地名声不佳，是画家吴子深的妾，因此有人看不起她。王季烈就十分反对张充和与李云梅同台演出，专门转告她：千万不可让李参加那次演出。张充和当即回话："那么就请王先生不要来看戏，但李云梅一定要出演。"其人性情秉性如此。

一次，学者章士钊赠她一首诗，将她比作蔡文姬：文姬流落于谁事，十八胡笳只自怜。章士钊认为张充和与蔡文姬有可比之处，是因为都有学识、艺术天赋和思辨能力，也精通音律。但诗中有惋惜她流落他乡的意思，这冒犯了她的感情。她对"流落"两字始终不能释然。但她终究选择了蔡文姬的道路，嫁给一个西方人，然后离开中国，到一个完全陌生的与她的热爱毫不相关的地方。多年之后，她回忆起章士钊的赠言，不禁自嘲道：他说对了，我是嫁了个胡人。

昆曲和书法，是她的一生知己。她似乎一直活在忠孝节烈、才子佳人的故事里，活在虚构和韵美里。她在新的世纪，还延续着少年时代读诗、习字、吹笛、唱曲的苏州岁月。她家中衣橱里，挂满风姿妖娆、长短各异的旗袍。

她果然“独在异乡为异客”了。她是一棵临渊的静树，旁边是深潭的水，深不见底。她走了以后，她的《曲人鸿爪》中的主角们，正在深渊里挣扎和沉落。

她的老师沈尹默那时候住在上海，靠卖字为生。他的厄运从此展开，到他生命的最后几年，1966年到1971年到达顶点。“文革”开始时，他撕毁了所有的作品，所藏的碑帖、明清卷轴，那些都是他认为值得保存的佳作。他把那些碎片浸泡在水中，直到化为纸浆，再倒进附近的垃圾场。但是他仍然没有被放过。他受了5年的迫害，直到去世为止。

她的朋友，周仲眉夫妇一向好爱昆曲。抗战期间，周先生在重庆的中国银行当总经理，周夫人陈戊双书画俱佳，结交了不少文化友人和昆曲同好。抗战时期流寓于重庆地区的人们大都知道周家曲社。有一次，张充和唱《牡丹亭》，扮演春香，但忘了戴戏装的腰带，周夫人陈戊双临时用画笔画了一个带子……他们在《曲人鸿爪》中题的《琅玕题名图》，在“文革”毁于抄家。那个被称为“良辰结社风流无尽”的周仲眉先生，也在“文革”初被迫害自杀身亡。

悲剧于局中人看来，往往是麻木而钝痛的。她走了以后不久，姐夫沈从文正处于精神崩溃的边缘。1988年，沈从文过世。张充和以“不折不从，亦慈亦让；星斗其文，赤子其人”形状他的沧桑人生。

她为什么要远走他乡？如果她选择留下她会怎样？

1949年，她还没有预见这些事情。她只是觉得自己喜欢的那个世界风韵犹存。“但是新世界对她来说是黯淡的、陌生的，容不下她喜欢的那些东西，甚至连梦想那些东西的空间都没有。”她觉得，应该让那些“弹性大，适应性强”的人留下，她只是从祖母那里学到了慈悲，也知道了一切为善之道。

人生百态，本是横看成岭侧成峰。在潮流中的人看来，那些岸边的人生活如此之素淡，简直太过书生而像傻子；在伫立岸边的人看来，潮中的人拼打得如此激进和猛烈，简直就是一群疯子。

慢是她的生活节奏，淡是她的人生基调。

她的忧伤源于认识到自己离开了过去那个熟悉的世界，而且再也回不去了。

张充和（1914～）：生于上海，祖籍合肥。其父为民初教育家张武龄。“合肥四姐妹”之四女。1948年结缡美籍汉学家傅汉思后赴美。此后五十余年在哈佛、耶鲁等大学执教，传授书法和昆曲。

杨宪益：在癫狂中安宁

1937年，22岁的杨宪益与18岁的戴乃迭在牛津大学恋爱的时候，对人生的态度还没那么悲观。那一年春天的味道已经过去好多年了，但是后来四季的风从不同的方向吹，总也吹不来那时候的气息。年轻的时候真是什么都是好的——天气、说话的声调、随便一个傍晚、郊外景致……都带着上演故事的意味。岂知青春，正像在人生华丽的楼台角落摆放的一尊金属器皿，原先固然是鲜亮的、紧实的、璀璨的，然而终究会随着岁月，蒙了尘埃，一天天黯淡下去。

《宪益舅舅的最后十年（2000～2009）》中提到：杨、戴的一生，是远比《人间四月天》更缠绵悱恻的悲喜剧——杨宪益可以由陈道明来演，戴乃迭由谁来演呢？这位英国高个子金发美女，在上世纪40年代坚决追随她的爱人，一脚踏进战乱的、中世纪一般的中国，不单超凡脱俗，简直大智大勇。

他们回到重庆。杨宪益被梁实秋邀请加入国立编译馆，用3年时间翻译《资治通鉴》。后人评价他“翻译了整个中国”：从《资治通鉴》、《魏晋南北朝小说选》、《唐代传奇选》到《聊斋志异》、《儒林外史》、《红楼梦》……他们夫妇两人成为学译联剑的神仙眷属。

然而，在上世纪60年代的中国，一个人的才华、旅居海外的浪漫生活经历、对政治风向的迟钝以及良善单纯的本性，正是多舛命运的根源。1966年“文革”开始以前，杨、戴已经遭受了很长时间的政治敌意。直到某一天，周围突然变成红色的海洋，整个世界都旋转而疯癫起来。人们好像生活在一个沸腾的开水壶里。人与人之间似乎没有善意，只有互相攻击，时常置人于死地。甚至多年之后，这样的“文革”遗风仍存留于因利益冲突而浮现的猥琐人性中。

据说，当时杨、戴所在的外文局批斗两位领导。他们的主要罪状就是特别爱吃好吃的东西。大字报上写满他们早年享用的美味佳肴。“外文局似乎突然变成了一家大饭店，到处张贴字大如斗的菜单。”时过境迁，杨幽默地回忆道。当年在这个充满知识味的涉外机构里，每一个人都绷紧了神经。

杨描述遭受批斗的过程：“三张饭桌摞在一起，一张上面架着一张，像杂技团翻跟头使用的道具。他们颇为客气地帮我爬上最高的桌子。群众聚合在四周挥拳声讨。”他形容他的“喷气式”感受：“我胳膊的肌肉很灵活，有弹性，所以我能轻而易举地做出这种姿势。”他喜欢用小说的方式回述那些惨烈的细节。

他甚至调侃道：“有一段时间，我被勒令打扫厕所。我把便盆上残存的污垢统统刮掉，用清水冲干净。不久，我因为工作勤勤恳恳、一丝不苟而受到夸奖。外文局《中国文学》编辑部的厕所，成为最优雅的厕所之一。”

《杨宪益传》同时在多处描述了戴乃迭。她面对的是孤独。同事像躲避瘟疫一样地躲着她。有些激进的学生当着这个英国女子的面高呼，“打倒美帝国主义！”

当时的报纸上，充满了歌颂伟大领袖的诗篇。英文版《中国文学》也同时刊登许多亚非拉人民的颂歌。戴以自己的学识和教养努力理解着眼前的世界，但她始终不能理解这个世界。每每在翻译文稿之后，在译稿上用英文写下评语：Childish！（幼稚！）

她甚至在将1966年的一条重要“纪要”——“建国以来文艺界被一条反党反社会主义的黑线专了我们的政，这条黑线就是资产阶级的文艺思想、现代修正主义的文艺思想和所谓三十年代文艺的结合”——翻译之后写下评语：“它是违反马克思主义的。中国人可以掘自己的祖坟，可是在中国的对外刊物上掘外国人的祖坟（指“纪要”把西方文艺都说成“资产阶级黑线”），这样的做法在对外宣传中是非常愚蠢的。”在彼时险恶的政治气候下，她的行为方式只能用“石破天惊”来形容。

据相关资料这样记载：1968年，两人先后入狱。他们的记忆是这样回放的：杨戴先后被捕的当天，他们正在家里喝酒。杨出门时连皮鞋都没有来得及换。戴在半个小时后被捕。此后监狱生涯4年。回来的时候，杨看见桌上剩下的半瓶酒，还有他家种的一棵仙人掌——看着还活着的样子，可是手一碰土崩瓦解。

据说杨在监狱时，用肥皂盒养了一朵小花。那原是窗台上一摊鸟粪中的一粒发芽的种子，他小心翼翼地把它养护起来。而戴在每次看守送饭时，都礼貌地说“谢谢”。世界固然是疯狂的，但按照他们的秉性，总试图在疯狂的世界中，保持一点尊严，寻求一丝安宁。

杨宪益的父亲是天津中国银行行长。杨早年受过良好的国学教育，锦衣玉食，天性落拓。这一种骨子里的优越感，使他淡泊而乐天，与世无争，内心对世界没有紧张感。他在整个世界的疯癫中，相对镇定，这种定性也保护了自己。他曾写过“有烟有酒吾愿足，无党无官一身轻”的句子，可谓言出于衷。他活到95岁。

戴乃迭在狱中，提审员对她说，你看美国对待黑人多不好，可我们对你多好。她立刻反驳说，“可是黑人在监狱里还能每天出去放风，我却不能。”经过她的争取，才开始能够每天出去放风了。

她在监狱里靠背诵中英文诗歌打发日子。爱清洁是她少年时代在英国所受的教育，现在她即使身处囹圄也难忘其源。竟然每天用牙刷把监狱的墙壁刷得干干净净。据当时同在看守所坐牢的郁风回忆，每次看守送饭给各监室，她总听到隔壁牢房里传来“谢谢”的声音。她知道那是戴乃迭。她在灾难中仍然维持着基本礼节，4年内从没有间断。那种优雅感是从她骨髓以及遗传基因里来的。

但在当时，杨已开始出现轻微的精神分裂征兆。他常有幻听、幻觉，并产生迫害妄想。这个症状持续两年才有所缓解。他的儿子杨烨也是从这个时候起，开始精神分裂。他一方面狂热地相信与投入运动，另一方面却屡被周遭世界所拒绝与侮辱。他行为诡异，超乎常规。书中这样写："大家正在聊天，客厅里回荡着《天鹅湖》的旋律，杨烨会突然出现。他双手捂住耳朵，然后全然不顾地迅速挪掉唱机的唱头，转身扬长而去。""……他径直去了王府井新华书店。他把自己锁定，始终逗留在马恩列斯毛著作专柜前。他也并不买什么，他就是要这样证明他的忠诚。"

从世俗的角度来看，杨烨的这种"病态的反抗"已经远远超出了一般人能够理解和容忍的限度。因此直到现在，人们说起这事时，即使最善意的说法也只是以"他有病"来解释一切。

《杨宪益传》中说，杨烨有一天突然宣布自己不是中国人了，不承认杨宪益是他的父亲。他开始只说英文，不说中文，后来因为周恩来的过问，杨烨获得批准回到英国去。临走前他把所有的书都烧了，只留下了团员证和毛泽东像。然而，他虽然离开了中国，但身在英国的他一看到中国人就害怕得发抖。

他后来惨烈地自杀——选择了自焚的方式——算是对政治迫害永久而无言的尖锐的抗议。这件事成为杨戴一生最锥心的痛。

这个世界的男与女，在时间面前，永远同病相怜。他们是时间洪流中的幸存者。活过了灾难的杨戴也是一样。

福柯在《疯癫与文明》中说："当世界处于极度荒谬之时，真理往往是通过疯癫来揭示的。"或许在一个疯癫而倾斜的世界，人们已经习惯于病态。而病人们，只是因为他们更期待正常。带着这个评判看一看路人，就觉得这个世界满是荒诞的逻辑。而今社会，是否也陷入了财富疯癫、利益疯癫、物欲疯癫了呢？因此在这个内心宁静屡被忽略的时刻，有人警醒道：中国不要被贫穷伤害一次，再被富裕伤害一次。

杨宪益的最后10年，戴乃迭离开了他。他聚会，喝酒，吃英国饼干，喜欢烤肉季的菜肴，到雪荷轩吃饭，和邵燕祥、丁聪、黄苗子、郁风、黄宗江这些老朋友，个个喝成红脸关公。他女儿曾谈到他向单位申请大房子的事，说她爸爸这个人满不在乎，与世无争，清高的脾气使他在特权纷争的社会中，依然体面，依然淡然。他不是官，没有排场。他没有位，谈不到随从。在他的耄耋之年，他吃饭散了席，居然还要由外甥女陪着打辆夏利出租车回家——过德胜门右拐，进入小街，找滨海胡同开到河边，到小金丝胡同……那地方是他心灵的安属。

跨了新世纪，他的心灵依然活着，他对外界开着敏锐的雷达，听新闻，看时事，人老了却依然有趣。他曾写了一副对联：上联陈水扁，下联赖汤圆。——陈对赖，水对汤，扁对圆。令人笑翻。但是，他的全盛时代毕竟过去。晚辈们跟他说什么话，他都礼貌地敷衍着，心已不在。他的情感活在以前的岁月中。

他的辉煌背后必然有他的凄凉。他以中国的老庄思想化解锥心的痛苦，把那些叫做痛苦的东西当做过往尘埃，并以平淡或者深沉表现出来。

杨宪益（1915～2009）：翻译家、学者。曾与夫人戴乃迭合作翻译全本《红楼梦》、全本《儒林外史》等多部中国历史名著。

杨绛：淡水太阳

杨绛的为文为人风度，有点像淡水太阳，镇静而持久地存在。“现世安稳，岁月静好”这句话，倒很可以概括她的生活。

她的娴雅的风度，是从文章可以品味出来的。多年前读《干校六记》，仍记得小引文章中说道：“记这记那，都不过是大背景下的小穿插。现在时过境迁，也可以说是水落石出。这次运动也如同历次运动，都少不了三种人……如果一定要记，有人会记愤，有人会记愧。一般群众会惭愧自己糊涂，随着大伙去糟蹋一些好人。或者惭愧自己怯懦，虽知有冤屈，却没有胆气出头抗议，至多只是对运动不积极参加罢了。”它至少可以作一个参照——使人窥见那些出生入死从政治阴霾底下穿越而出的人物，所经历过的凶险，所遭遇过的苦难，所存留的伤痕。然而她的“下放记别”、“凿井记劳”、“学圃记闲”、“小趋记情”、“冒险记幸”、“误传记妄”，却依然保留了忧而无伤、安静娴雅的气度。如同一棵临渊的树，历史的巨浪大浪淘沙，却淘尽怨怒和愤恨，只余惯看笑月春风的风仪。

翻译家叶廷芳说，在干校的时候，他与杨绛在一个生产队。可以想见，当时紧张的政治空气之下，可谓人人自危。其时，杨的女婿自杀身亡。而她却并没有任何表露，也没有对任何人提起，甚至脸上丝毫看不出惶恐的神气。她这个人似乎有着超人的镇定与安稳的功力。叶记得在一次批斗会上，对于造反派的战斗檄文和陈述罪状，其他几位都低头认罪，台下挥拳呐喊。杨却居然抬起头来，脸都涨红了，一面跺脚一面道：“事实不是那样——就不是你们说的那样！就不是你们说的那样……”令人着实为她捏了一把汗。

她这个人，究竟是擅忍还是擅勇呢？

或许真的勇猛，并非大张旗鼓，雷厉风行，而是在基本的真相面前，不随众，不从俗，对自己的内心不离不弃，不因为利益而扭曲内心，也不因威压而出卖灵魂，乃至愿意冒任何的代价，仍然保留那一份纯与真。勇敢的瞬间如同在激流中截流，风云激荡，却短如一瞬。杨的为人，倒让人想起张爱玲笔下的《十八春》里的顾曼桢，“历经那么多苦楚，她依然余勇可贾似的——纤细而坚强，正如她的为人。”

《杂忆与杂感·杨绛散文》这本小书，收录了忆旧、拾遗两部分。其中耐人寻味的一段，是说到她妹妹杨必（即阿必）：

“无锡人把‘逗孩子’称作‘引老小’。‘引’有

‘欺’和‘惹’的意思。比如我小弟弟‘引’阿必，有时就不是纯出善意。他催眠似的指着阿必说：‘哦，哭了，哭了！’阿必就应声而哭。爸爸妈妈说，勿要‘引’老小，同时也训阿必，勿要娇！”

阿必是小圆鼻头。于是阿七画了一幅画，一面笑道：“鸭蛋其脸，大圆其耳，小圆其鼻，薄阔其嘴……”阿必拿来仔细看，觉得很像自己，便又“哇”地哭起来。以后逢画必哭。忽有一次，阿必看阿七画到“鸭蛋其脸”时，夺过笔，在脸上画了许多点子，大声说，“皮蛋其脸！”，随后跟着大伙一起笑了。杨绛道，这是阿必的大胜利。她杀去娇气，有了幽默感——这样看来，她也是崇尚去除娇矫二气可将自己作为嘲讽对象以幽之一默的。这或许是她养心法之一。

在她95岁以后，她极少见客人。季羡林曾说，“对她最好的尊重，是给她安宁。”她一贯淡泊与出世，婉拒是她的必修功课。

2005年，西班牙名著《堂吉诃德》诞辰400周年。忽有人对杨绛翻译的《堂吉诃德》译本提出异议，话也说得有失尊重。她自然不会开口，学界却为她鸣不平。我记得人民文学出版社2004年版的《杨绛文集》中，收录了杨绛先生《记我的翻译》一文。文章是上世纪80年代写的，谈到了翻译《堂吉诃德》的前前后后，也谈到了另一本法文小说《吉尔·布拉斯》的翻译过程，也正巧谈到她的翻译观。我想，或许对该文的摘编也可以给不敬之言一种间接回应。于是通过其法律顾问吴学昭引见，电话直接打到杨先生家里。

“你说话一定要大声啊！”阿姨先在电话里叮嘱我。然后传来杨先生的声音：“我现在快成一个聋子了……”她的声音很轻，很慢，很稳。我说明意图。她说：“……我知道你对我好，我可以借书给你。”

杨先生三里河的家，可谓闹中取静。那是夏季里最热的一天。我一路驱车，神思纷乱，可以想象是多么的不堪。但在敲门的一刻，人忽然从内到外安静下来。

她穿浅色的棉布衬衫，很安静，很友善，走路很轻。引我到客厅沙发，吩咐阿姨倒茶。她营造了一种妥帖舒适的氛围，也以沉默和微笑回答我的来意——据说沉默和微笑是处理问题的最好的两个武器。沉默可以回避问题，而微笑可以化解问题——“我知道你对我好。”她又说，“我耳朵听不太清楚。如戴上助听器，耳边又像是打雷。不过我们可以笔谈。”我瞥见一支铅笔和一张白纸就平放在茶几上，是她早预备好的。

在我喝茶的间歇，她忽起身回房，搬出几本厚厚的《杨绛文集》，回身坐下。可是嫌茶几距沙发太远了，居然伸出两条细瘦的胳膊，忽然发力猛地拉动茶几。然后在我惊讶的目光下，准确地翻到《杨绛文集》第67页，指示我的注意。她神思清晰，动作敏捷。这一年她96岁，我简直不能相信她的年龄。

“你读过的《我与<吉尔 · 布拉斯>》一文，是不是摘自这儿？”她大致说了，在《记我的翻译》一文里，哪些部分是关于《吉尔 · 布拉斯》的，哪些部分是关于《堂吉诃德》

的。她用铅笔一一作了注释。从哪起，到哪止，删减什么，接续到哪里，还在一些名称下面画了横线。听不清楚的话，都写在纸上对谈。她的谈话语句之间有着严密的内在逻辑，这 点连青年人都有所不及。并且我相信，她的反应一点不比我慢。因为，就在我刚要打开皮包拿出相机之前，她忽然笑问："能不能求你件事——今天你只是小朋友，不照相，好不好？"

我的礼物，其实她已准备好了——一枚三联书店特制的《我们仨》书签，上有钱钟书先生、杨绛先生、钱媛女士三个人的印章。其中一张照片是三人合影。"那是1950年清华校庆日的清华大学宿舍。当时我们住在清华，和林徽因是邻居。"她笑道，"我抱的小猫刚满月，这双皮鞋的皮子是很好的。"

我把原文更名为《我与钟书的翻译往事》予以刊发。文中说："我问钟书，我读西班牙文，发音不准，也不会说，我能翻译西班牙文吗？他说：'翻译咱们中国经典的译者，能说中国话吗？'他的话安了我的心。"文中她自谦道："至于我的翻译，终觉不够好。但我已年老，只寄希望于后来的译者了。"其中涉关重译《堂吉诃德》的来龙去脉。

修炼与涵养，固然使她睿智和淡泊。但淡泊归淡泊，她对于学术还是认真的。她不会主动出面解释什么，但如果机会适宜，她显然还是愿意说明情况的。她的头脑非常清晰。也并不因为自己的年龄，而放弃申明的权利。

我后来又去过她家。那天刚巧三联书店出版的《我们仨》姊妹篇《我们的钱媛》一书送来。在她的书桌上，她用笔在书的扉页上慢慢写下来：“徐……虹……”，再往下写，第三个字是“小”字——我当时呆了一呆。当然，写的不是“小姐”，结果她写的字，是“徐虹小友存念”。阿姨在旁说，杨先生真是给足面子了！我心里当然是知道的。

杨绛（1911~）：本名杨季康，钱钟书夫人。作家、翻译家、外国文学研究学者。著有《洗澡》、《干校六记》，另有《堂吉诃德》等译著。

张申府：最终的胜者

张申府的哲思随笔《所思》首版于1931年，近由三联将《所思》合并后来的《续所思》仍名之《所思》出版。

他1893年出生，算来所思之年也不过三十来岁，却常出惊人之语。比如他说："人若想得开，一定自杀，生活不过这么一回事，活着有什么特别的趣味呢？人若想得开，一定不自杀，既然不过是这么一回事，又何必多此一举？人若想不开，一定不自杀，所谓好死不如赖活着。人若想不开，一定自杀，所谓一是短见——想不开与想得开，自杀与不自杀，谁能合此二者，是谓通道……有死之心，不轻一死，而行不惜死之事，不死自此起。"以大无畏之心行不惜死之事，可谓随性加率性加任性的书生张申府之一生写照。

最重要的例子：张申府本可以成为中共党内最有威望、最有资历、最有贡献的人物，他的履历可谓如雷贯耳——参加中国共产党的早期创建。当年，张国焘由他介绍进入北京共产主义小组。他也是周恩来、朱德的入党介绍人。然而在1925年的中共“四大”上，他因意气用事而退党，从此在党史中消失。他曾多次置身于20世纪时代旋涡的中心，却又多次急流勇退，一辈子隐身于时代风潮的幕后，成为退到远处的背景。

所思指导所为，他在现实中也常有惊人之举，书生意气到了随心所欲的地步。据说，他当年从黄埔军校开小差，是因为“广东天气太热了，实在受不了”；参与“一二九”运动被清华解聘，他最遗憾的是“放弃在清华园优雅的屋子”；按其弟张岱年的说法，他1948年因“昧于解放战争的形式”，在《观察》周刊上发表《呼吁和平》一文。张申府却这样解释：“写这篇文章赚了3000元。教授们当时可都是断粮断饷的。这是一笔不少的收入，一交稿就有稿费，我需要那笔钱。”这篇文章当时受到共产党人和民盟领导人的严厉批判，以至于他在学术界销声匿迹30年，也为他1957年被划右派、1966年“文革”受到冲击埋下伏笔。

数学与哲学是他的热爱。他早年北大数学系毕业，后在北大、清华教授西方哲学史，最主要的贡献是首次向国人介绍罗素。他的思想的筋骨脉络埋藏在他的《所思》里。他说：“有的人重视过去，有的人重视现在，有的人重视将来。我重视在现在未来之间；有的人重视陆，有的人重视海，有的人重视空。我重视海陆空之外；有的人重视天，有的人重视人。我重视天人之际。”

他的人生轨迹似乎是从热衷于改造外部世界，退而潜心于探究内部世界。他由参与变为独处，据说晚年只与梁漱溟来往；由热烈变为安稳，据说“文革”时因为看着挺本分而没人搭理。而外部世界与内部世界，同样都是无限的。对一个真正的哲学家和思想家来说，尤为如此。

《所思》是一本小书，却经天纬地。比如他在《所思》中言：“不可表现是神秘。可表现是科学。可表现不可表现之间是艺术。清理其表现是哲学。”他说：“科学是学，哲学是学之学。”他又说：“科学是器，器无善恶。如以刀伤手，其责不在刀。”他还说：“艺术之佳，只是一个恰到火候。此外，不过偶有奇笔而已。理也贵圆通。但中与不中，却常在一击。”他捅破世人蒙昧的窗户纸，只求一个通透。他说自己“吃亏在于没有写出一部大书”，但这本小书也呈现了思想的繁盛。这也是为什么他迥异于煌煌巨作的熊十力、冯友兰、金岳霖而同样享有学术盛名的原因所在。

有资料显示：1917年，他以助教名义留北大工作，做李大钊北大图书馆秘书。1918年毛泽东由伦理系的杨昌济先生（杨开慧父亲）介绍来北大图书馆，在张申府领导之下工作。张申府后来回忆说，“那是五四时期，毛泽东在我属下工作，建国之后，他到处说‘张申府的老板面色很难看’。因为他忘不了我有一次要他重新再填写一叠图书卡片。”

其实他也并非淡泊而甘于学术。他甚至激烈。他曾在一篇文章中说，“近年中国青年群趋于过激，走于极端。凡是大中至正、周到圆通的思想言论，全不能为其所容。我固然重视大中至正、周到圆通，但我却以为中国近年青年之极端过激，是一种很好的现象。”30年代，他在清华哲学系讲《逻辑学》，但上课很少讲逻辑，只骂蒋中正。有一次，他大怒着喊：“我是教哲学的，像苏格拉底一样，从来不怕死！”1948年，解放军在东北节节胜利，张申府却欢呼蒋中正的宪政，骂解放军“匪”，被《人民日报》痛斥为“叛徒”。与张申府有着28年情感的刘清扬宣布结束与他的婚姻，离婚启事登在《人民日报》上。他因为随性、率性、任性，不看风向，不审时度势，同时不得两个政党的欢心，只能在历史的夹缝中苟且余生，倒应了“书生从政，命运多舛”这句话。

他只讲美。他在《所思》中言：“美不在人，亦不在物，而在人与物凑拢成的关系。是故不但要美术，也要美育。美术之美在引成那种关系。美育足以助之。”

像所有那些不问政事、只做学问的长寿的学家们一样，他活到93岁。谁规定了这个世界成功的定义呢？一个人从无到有、从小到大，本身就是一桩传奇。或许卸载了创世纪的热忱和趣好，不再从这一座城市走到那一座城市，寻找财富和爱情，以求彰显感和实现感而归于安稳，才是真谛。或许那些长寿的老人，才是最终的胜者。

张申府(1893～1986)：名崧年，张岱年之兄。哲学家，逻辑学家，中国罗素研究的第一人。中国共产党最早的创始人之一。著有《所思》等。

吴宓：活在两极中

日记就是一个人生活的残骸，魂魄已经出窍，活力终归于僵化与黯淡。《吴宓日记》不然。它是一面见微知著的镜子，照出20世纪中国现代学人的心灵史之外，更反映人性深层的优长和弱点。

《吴宓日记》起自1910年，止于1974年，前后历经半个世纪。《吴宓日记》前10册记录了他1910年至1948年的优裕、华丽而纷繁的生活——留美，与陈寅恪及汤用彤并称为哈佛三杰；创办并主编《学衡》；钱钟书考入清华大学外文系成为他的得意门生，师生诗词唱和，等等。于1998年由生活·读书·新知三联书店出版。《吴宓日记·续编》后10册记录了他1949年至1974年的历程，2006年仍由三联书店出版，两者均由吴学昭汇编注释。不过在文字中调子逐渐沧桑、沉郁，他显得凄苦而无助，似乎被阴霾压得喘不过气来。

吴宓固然是一个严谨的学术大师，但他的婚恋生活令人不敢恭维。当年他的著名的三角恋闹得众人皆知，令其生活变形，心灵不安，反反复复，持续多年。简言之：1921年8月，留美归来的吴宓与陈心一结为伉俪，但同时爱上陈心一的闺密毛彦文。情感断断续续，心绪时好时坏。陈寅恪对他看得透彻，说他本性浪漫，不过为旧礼教道德所拘系，感情不得抒发，积久而濒于破裂。“犹壶水受热而沸腾，揭盖以出汽，比之任壶炸裂，殊为胜过。”

他终于离婚。岂知婚姻正如沐浴时的一注花洒，冷暖自知，随时调试。从头至脚，贯彻始终；离婚则如裸身，自殇自损。而婚姻又哪有对错之分？将错误进行到底的婚姻，往往即是正确。只是在修成正果之前，往往历经残酷的锻炼与磨砺——婚姻是最哲学的一门哲学。

但他仍不得要领，内心复杂，用情于枝枝蔓蔓。断亦不能断，续亦不能续。如，他1930年4月日记中即对婚姻充满感伤，因写道：“以往赏心乐事，都不曾知。及与心一结为伉俪，鲜结伴出游。只自幽居伤感。今已离婚，而旧事不可磨灭。即使有合意之人而再结婚，相偕来游，亦必为他人侧目指数，内心亦多伤悲，终难有快乐欢愉之一日。”

他苦追毛彦文多年，所作所为超乎常规、离经叛道，如，曾将给毛的情诗公开刊于报章，被其父指斥为“无情无礼无法无天”。其间又多愁善感，患得患失。如，他在同年4月日记中，怀疑毛“曾被弃遗，情苗已枯”，甚至说，“盖女子之嫁，多为经济之有人供给。苟性欲不强，必致失望”云云。

他与毛的交往，日记中屡有“甚怒，甚悲，甚伤”之

2012.01

叹，也多次惹得毛对其厌弃，怒极。然对毛的态度，他不自省，反而这样分析：“一，因其身心不宁，一触即郁怒；二，或暗示宓勿再言爱，以免妨碍彦与他人之爱之进行。”最终得出结论：“必由于一时气愤，或有意试探。其心固未尝绝我，甚且爱我也。”并回信说：“确知女士痛苦，向我发舒，正是不自知的爱我之表示”，云云。真令人哭笑不得！

当他的锲而不舍终于打动美人芳心，他又居然一改初衷，生活中出现了一个名叫贤的女性。他在日记中，说贤“通嗜文学，趋重理想，性情和婉，对人坦挚，盖未有如贤者。使宓无彦，则必以贤为情侣而图谐婚配”。最终毛一气之下嫁他人，令他痛心疾首，却最终不知究竟是己负了人，还是人负了己。

他似乎一直活在诗世界而非俗世界。

《吴宓诗话》是一本经典的诗论、艺论。他在《余生随笔》中写王安石，曾说，“故学一人之诗，必先学人格，学其志向，则诗成乃光芒万丈。诗不以人废，而人且借诗以传。”

他写赵瓯北，中说，“即诗一道，欲其工切，必与其时代之国势民情，诸方呼应乃可。故居今日作诗，非洞明世界大世，及中国近数年来之掌故，而以新理想、新事物熔铸旧风格，则徒见心劳日拙而已。”又说，“世界巨变，均多年酝酿而成，无起因一朝一夕者。即如欧洲中世纪末造，文艺复兴，名系复古，实则维新。”也说，斯宾塞有言，“世局如钟摆，相反向生，变动靡止。然一种事理已趋极端，及其既反，则人之见闻较确，判断较准。”

他说读书，昔读袁子才诗，见其论读书诸诗，喜其意之有合，辄录出之。诗云：“吾欲为神仙，向天乞春秋。不愿玉液餐，不愿蓬莱游。人间有字处，读尽吾所求。见书如见色，未见心已动。”“一日不读书，如作负心事。一书读未竟，如闻大军至。”

他曾在《吴宓诗话》之《诗人重精神而略形迹》一文中说，“视敌为友，惟诗人能之……重精神而略形迹，故能无种界、无国界、无党界。良史执笔，对于本族本国本党犹多回护。诗人则但取其可爱可敬、可泣可歌，初不问其人其事对我之关系何若。”他评价莎氏戏剧：“莎士比亚生平未尝久在学校，而所著剧本，综贯天人，穷极物态，至理名言，层出叠见，阴阳消长之理，推考尤真……窃谓莎氏所以不可及者，即其胸罗宇宙，包涵万象之力。”他在书中明晰事理，然在现实生活中却完全迷失。

他曾经这样总结分析自己：“一，我之多情而热心，忠厚诚挚，做事负责任，能牺牲，善为人谋，而不顾自己之权利、幸福、安乐——在所有之中国人中，未见有如我者。二，我之用力多而成功少。三，我但有工作而无享受，但有义务而无权利，但有勤劳而无快乐。四，我决不负人，而人常负我，于大小公私事皆然。”可谓诚实，中肯。

他还说，“宓之痛苦，非人所知。人徒知宓离婚孤居、恋爱未成之苦；甚或知我委曲周到，离婚后仍一意帮助心一；热烈牺牲，倾情以向，而彦待我冷漠圆滑，我心实苦。而不知对心对彦婚姻恋爱，仅是我生涯中之一大苦事。”吴宓不是烈性男人。其细腻多于女性。一个信息足以在身体内循环往复三次方出，往往曲折和变异。

他在现实生活中踉踉跄跄，尚未准备好的时候，政治风潮又来了。吴宓在1965年日子显然越发不好过。他感慨年夜饭的冷清。他常遇一群儿童，被骂“吴宓老狗，我要砸碎你的脑壳”。他被抄家搬家，因“宁肯杀头，也不批孔”而被打成反革命。他76岁时被架上高台示众，头晕眼花，被推下来跌断左腿，之后又遭断水断饭的折磨。

如果诗人一定是世俗的靶子，历次运动，历次跌宕，翻江倒海，都会有聪明人浮现上来，那沉落的一定全是诗人。这个世界，每一件事都鼓励做一个聪明人，而不鼓励做一个诗人。所以诗人在世俗中必定是失败者。

在1965年他的日记中，基本每餐午饭都有二鸡卵吃。“午餐，二馒，还有炒肉丝，豆腐片煮二鸡卵。”日记中也常出现“牛乳，粥，鸡卵两枚，枸橘一枚。汤圆五粒”之谓，令人垂涎。

然而他所遭遇的残酷，也是零零碎碎地显现的。如，他在日记中说，“下午2～6点，古典文学与现代文学教研组合并运动座谈会。某某二同志监临，命再作交代。而耿振华、田子贞、李维品、朱学兰、周显忠、范太前等发言，集矢于宓。”——如何“集矢于宓”呢？

“命宓与父、碧柳、兰芳割断关系。众逼问宓与张宗芳关系……田子贞又揭发曾宛凤常捧花来，为宓插瓶中。朱学兰则述某女助教，在宓外室考试时，宓奉茶，供醪糟……”

甚至，田子贞补充说，“宓某晚发言有云‘打倒横扫一切牛鬼蛇神’。打倒横扫，即，打倒那些要横扫牛鬼蛇神的人。即是反对此运动，足见罪大！”吴宓虎落平阳，继而完全跌入深渊。

一个离经叛道的人，也有获得尊重的权利。如果说一种好的社会秩序会为懦弱之人提供制度保障，一种好的道德规范会成为嗜血族类的内在束缚，那么吴宓的处境一定不那么坏。但是历史没有如果。1977年，吴宓已完全不能生活自理，终回到陕西老家成为一个没有人知道名字的普通农人，消逝而远去。

吴宓(1894～1978)：字雨僧、雨生。学贯中西，被称为中国比较文学之父、国学大师。清华大学国学院创办人之一。著作有《吴宓诗集》、《吴宓日记》等。

林徽因：永远的主角

女人是天生的政治家。所以女人之间的厮杀，除了揪头发、掐皮肉、鞋底儿掌脸之外，还有更加隐晦的方式，比如离间。离间是什么？离间是憎恨、妒忌等负面情绪无以疏导之时、借他者之力以惩戒对方的另类形式。离间是一个精微的心理手术，该保留的保留，该追究的追究，该消灭的消灭。它的挑拨过程的完成，必定伴随着谎言、经过伪装的好意、彼此间短命的信任，也必定基于施者与受者的共同利益或者说主义。此外，更体面的女人战争形式，还有优雅之下对心尖的刺痛，所谓攻心为上。据说林徽因与冰心之间，就上演了这么传统一幕。

在岳南的《1937～1984·梁思成林徽因和他们那一代文化名人》这本书里，有一段“林徽因与冰心是朋友还是仇敌”的描述：“1930年秋天，梁思成、林徽因搬到北总布胡同四合院后，周围很快聚集了一批当时中国知识界的精英。如诗人徐志摩、哲学家金岳霖、政治学家张奚若、哲学家邓叔存、经济学家陈岱孙、国际问题专家钱端升、物理学家周培源、美学家朱光潜、作家沈从文和萧乾等。这些文化精英，经常在星期六的下午，陆续来到梁家，纵横天下，品茗坐论。”

据说，林徽因思维敏捷，擅长提出和捕捉话题，具有超人的亲和力和调动客人情绪的本领。使众学者谈论的话题，既有社会广度，又有学术理论深度，且有强烈的现实针对性。随着时间，梁家的交往圈子越来越大，渐成气候，形成了上世纪30年代北平最有名的文化沙龙，时人称之为“太太的客厅”。

有萧乾的信为证：“……接到沈先生（指沈从文）的信。大意是说，一位聪明绝顶的小姐看上你那篇《蚕》，要请你去她家吃茶……我喜得坐立不安，老早就把那件蓝布大褂洗得干干净净，把一双旧皮鞋擦了又擦。我就羞怯怯随着沈先生从达子营跨进了北总布胡同那间有名的‘太太的客厅’。”

林徽因在客厅里的风度是可以想见的。家世、学养加之美貌、才情的光环之外，她更有一套对中国传统建筑的理论创见以为核心强项。《林徽因讲建筑》这本书中收录了她的《论中国建筑的几个特征》等文。其中多有“建筑艺术是个在极酷刻的物理限制之下，老实的创作。人类由使两根直柱、架一根横楣而能稳立在地平上起，至建成重楼层塔一类作品，其间辛苦艰难的展进，一部分是工程科学的进境，一部分是美术思想的活动和增富——这两方面是在建筑进步的一个总则之下同行并进的”，“虽然美术思想这边，常常背叛他们共同的目标——创作好建筑，脱逾常轨、尽它弄巧的能事，引诱工程方面牺牲结构上的诚实原则，来将就外表取巧的地方。建筑本身常被连累，损伤了真的价值……”等妙说高论，堪称将论文写成美文。并对建筑上的梁、瓦、脊、檐、钉、拱，乃至瓦上的脊吻和走兽等细枝末节，精描细刻。字字珠玑，俯拾皆是。至于她1937年与梁思成等人骑着毛驴考察山西佛光寺，受惊的蝙蝠煽起沉积多年的尘土，梁上垂下断断续续的灰尘吊子，那场景，更像一部黑白片的电影了。

这样看来，她岂止是一个客厅里的太太，更是一个斗士和勇士。

有一篇《此情可待成追忆》的文章中这样写道：16岁的林徽因游历欧洲，在英国期间结识了当时正在留学的徐志摩。徐也深爱了林。但林发现，自己对徐只是崇拜，并无爱情。

文中说：“在这个选择上，我们可以看到这个少女那真正与众不同的、早萌的智慧的闪光。大多少女，跟随感情的懵懂的指引，一意孤行，不惜跟全世界的人作对。美其名曰是为了自我自由，为了爱情。年龄渐长，就会慢慢体会，长辈反对的事情，自然有他们身后几十年的沧桑变化做底子，未必没有道理的——往往我们懂得这个道理的时候，已经年华老去，在感情的路途上耗费了大量时光。身心俱疲了。一个人把精力放在什么地方，最后总能被人看到。这样的一个女子，一开始就表明心意，不做别人眼里的传奇，要踏踏实实地过一生。女孩在自己最漂亮最巅峰最受人宠爱的时候，放弃成为传奇的诱惑和虚荣心的牵引，凭着本能选择最踏实的生活状态，实属难得。感情，不等于生活。”——对其心智、品行之描述，可谓由表及里，深入骨髓。

然而她这样一个人，又似乎很容易成为女人的敌人。与林徽因过从甚密的李健吾做过这样的描述：“她绝顶聪明，又是一副赤热的心肠，口快，好强，几乎妇女全把她当作仇敌。”“热情是她的生活的支柱。喜好和人辩论，因为她热爱真理。但是孤独、寂寞、抑郁。”有棱有角的性格与优裕浪漫的处境，自然容易引起女人的战争。

其间扑朔迷离，孰是孰非？岳南在书中也有描述。

1933年10月，冰心——冰心丈夫吴文藻与梁思成同为清华1923级毕业生，且在清华同一寝室。林徽因与冰心同为福建同乡，两对夫妻先后在美国留学——在天津《大公报》文艺副刊发表的小说《我们太太的客厅》这样写道：

“时间是一个最理想的北平的春天下午，温煦而光明。地点是我们太太的客厅……我们的太太自己以为，她的客人们也以为她是当时当地的一个沙龙的主人。当时当地的艺术家，诗人，以及一切人等，每逢清闲的下午，想喝一杯浓茶，或咖啡，想抽几根好烟，想坐坐温软的沙发，想见见朋友，想有一个明眸皓齿能说会道的人儿，陪着他们谈笑，便不须思索地拿起帽子和手杖，走路或坐车，把自己送到我们太太的客厅里来。在这里，各人都能够得到他们所想望的一切。

“诗人微俯着身，捧着我们太太指尖，轻轻地亲了一下，说：‘太太，无论哪时看见你，都如同一片光明的云彩……’我们的太太微微地一笑，抽出手来，又和后面一位文学教授把握。教授约有四十上下年纪，两道短须，春风满面，连连地说：‘好久不见了，太太，你好！……’我们的太太正和一位政治学者招呼，回头看见，便嗔着诗人说：‘你真是！搅他做什么？我这里是个自由的天地，各人应该挑着自己心爱的事去做……’”

林徽因与冰心之间到底有没有嫌隙？李健吾曾说：“我记得她亲口讲起一个得意的趣事。冰心写了一篇小说《我们太太的客厅》讽刺她。她恰好由山西调查庙宇回到北平，带了一坛又陈又香的山西醋，立即叫人送给冰心……”

萧乾夫人文洁若在《林徽因印象》一文中说，她上初中后，有一次大姐拿入一本北新书局出版的冰心短篇小说集《冬儿姑娘》给她看，说书里那篇《我们太太的客厅》的女主人公和诗人是以林徽因和徐志摩为原型写的。

至少在1933年晚秋这篇明显带有讽刺意味的小说发表、林给冰心送醋之后，就少有她们交往的记载了。当然，文坛之闲话与传说，充其量只是文学史纲边缘的装饰。真正的考量尚未到来。

美丽、才情与率真，固然带来了荣誉和成就，但更是灾难和磨砺的导索。据载，20世纪50年代，梁林的日子已不好过。当时，梁思成因提倡新建筑用作大屋顶等传统形式和保护北京古城而多次遭到批判。在明清古城墙拆毁时，梁思成和林徽因抚砖痛哭。1953年，文化部组织的欧美同学聚餐会上，林徽因冲动地指着时任北京市副市长吴晗说："你们真把古董给拆了，将来要后悔的！即使再把它恢复起来，充其量也只是假古董……"在这样的一种心境下，林徽因亦忧亦愤，每况愈下，终于1955年离世。

那年，建筑界正在批判"以梁思成为代表的唯美主义的复古主义建筑思想"，林徽因自然脱不了干系。虽然她头上还顶着北京市人大代表等几个头衔，但追悼会的规模和气氛都是有节制的，甚至带上几分冷清。

但这已经是命运对她的善待了。如果，这个浪漫而有才情、热情而有傲骨的女性，真的活到了1966年，她的状况将会如何？

仅列举公众所知道的几位知识女性以为参照——杨必，1922年生，杨绛的妹妹。早年曾任上海复旦大学外文系教授，《名利场》的中译者。1968年在"清理阶级队伍"中被迫害自杀；俞大絪，与林徽因出生年代相近，1905年生，著名教育家曾昭伦的妻子。1934年留学英国牛津大学，又先后在巴黎大学、哈佛大学进修。建国后任教燕京大学、北京大学。"文革"开始后遭到残酷批斗。据说1966年8月24日红卫兵抄家时，被剥光衣服遭受毒打与侮辱，次日在家中服毒自杀；陈琏，1919年生，蒋介石高级幕僚、有"文胆"之称的陈布雷之女。"文革"开始后，被诬蔑为叛徒、特务，1967年，从11层楼上跳楼身死；顾圣婴，1937年生，著名女钢琴家，1958年参加日内瓦第14届国际音乐比赛获女子钢琴赛最高奖。1967年1月31日与母亲、弟弟开煤气全家自杀……"文革”中的知识分子女性，在历史风潮中的际遇，可谓“冷露滴梦破，峭风梳骨寒”。林徽因又当如何？

或者，她，以及如她类的知识分子们留下的悖论是：当美遇到恶，世间最原始的丛林法则便会开始作用。现代文明是保证众生和谐、相生相伴的终极宗教——但是，这文明又是否可靠呢？

林徽因（1904～1955）：建筑学家、作家。上世纪30年代初，与丈夫梁思成共为中国古代建筑学术领域的开拓者。代表作为《你是人间的四月天》，小说《九十九度中》等。

金岳霖：魏晋风流

如果把逻辑学家金岳霖增补进《围城》里，应该是最贴切不过的：上世纪二三十年代留洋的，西装革履、头发油光可鉴、戴着黑墨镜拿手杖的，恃才放旷、不近凡俗、又天天说着俏皮话的……当然，他不是方鸿渐不是赵辛楣也不是曹元朗或者褚慎明，他只是他们重叠的交集。

金在上世纪20年代留美获得博士学位的时候25岁，之后又到英国。他印象最坏的是政治学。“教我的教授是当时鼎鼎大名的Yidinop。在一次讲演中，他大骂俄国革命，可又大大地恭维了列宁——他说，列宁行，列宁是贵族……这真是胡说！”他又笑道，“那时候有一个很特别的情况：最好的一本关于美国政治的书是James Boyo写的，而他是英国人；最好的关于英国政治的书是Lowell写的，而他是美国人。”在美国短期任教后，金带着自己的美国女友周游列国，典型的落拓不羁、魏晋风流，一味的士人学士做派。

他回到北京以后，赵元任本来在清华大学教逻辑。“他不教了，要我代替，我也只有边教边学。1931年我有机会到美国留学一年，就到哈佛大学的谢非先生那里学逻辑。我告诉他，我教过逻辑，可是没有学过，他大笑！”

其实他心中的唐晓芙是林徽因，并且热度持续多年不减。上世纪80年代，当英雄迟暮，金早年的风仪，已经在岁月凋敝中不大看得出了。有人想套出他的话，但他对此绝口不提。

金与林毗邻而居的故事众所周知。抗日战争之前，金岳霖与梁思成及林徽因在北京住前后院。他常常看到梁思成为了古建筑上的某个数据而在房顶上上下下，就为梁林夫妇编了一副对联：梁上君子 林下美人。这个众所周知的故事也是必须被提到的：有一次，林对梁说：“我苦恼极了，因为我同时爱上了两个人，不知道怎么办才好？”梁思成极为震惊，他内心颠簸，终夜苦思，一个劲儿地问自己：“徽因到底和谁在一起会比较幸福？”次日一早，他眼圈晕黑，决定把选择权交给妻子，说：“你是自由的，如果你挑选金岳霖，我将祝你们永远幸福！”林将此语传给金听，在这千载难逢的良机面前，金弃权了：“看来思成是真正爱你的，我不能去伤害一个真正爱你的人。我应该退出。”从此三人终生为友。

他在《金岳霖回忆录》里的一节《最亲密的朋友梁思成林徽因》中这样提及：“……我看见他们两个在房梁上，我说你们赶紧给我下来！”然后话锋一转：“爱和喜欢是两种不同的感情或者感觉。爱说的是父母、夫妇、姐妹、兄弟之间比较自然的感情，喜欢说的是朋友之间的喜悦。我的生活差不多完全是朋友之间的生活……”金岳霖字龙荪，与叶企孙、陈岱孙并称“清华三孙”。他们相同的特点就是终生未娶。但他晚年并不孤独——和梁从诚一家住在一起。

三本书能够概括金的一生。他在《谈谈我的书》中说：“比较满意的是《论道》，花工夫最多的是《知识论》，写得最糟的是《逻辑》。”在西南联大时，金倾全部心血写就《知识论》。那时候日帝飞机常来轰炸，他在逃命之时也带着书稿“跑警报”。“到了北边上山，我就坐在稿子上。那一次轰炸的时间长，天也快黑了，我站起来就走。等我记起来回去，书稿已经不见了，只好再写。”但是一本六七十万字的书不是可以记住的，所谓再写只可能是重写。这个工作1948年解放前夕完成，终于由商务印书馆付梓。新中国成立后，张岱年碰见金岳霖。问：“《知识论》可曾写好？”答：“写好了——写了这本书，我可以死矣。”据说，冯友兰曾对这本书的评价是：“道超青牛，论高白马。”青牛指老子，白马指公孙龙。

“《论道》是我比较满意的书。当然也是形而上学最突出的书。”“时间非分割开来不可……直到写这本书的时候，我才下决心把‘间’和‘时’分开来提。”

金的回忆录里谈及历史故事，可谓三分形，七分神，皮里阳秋，点到为止，传神又有趣。他说陈岱孙“很能办事”。指的是到了抗战快要胜利的时候，朱自清、李继侗、陈岱孙、陈福田、金岳霖住在昆明北门街唐家戏园里。大家回到清华之前，梅校长请陈岱孙先生到北京做恢复清华园的麻烦工作。当时清华校园被日帝军队破坏得不成样子，教员的宿舍也成为养马房子。陈岱孙先生在短期内居然把清华校园收拾得和原先一样，重办大学。可见，真的知识分子是可以办事的。在清华时，梅贻琦校长外出，委托陈代理校事。一天，金岳霖准备上厕所，发现没了手纸，他即向陈岱孙写了一张讨手纸的条子："伏以台端坐镇，校长无此顾之忧，留守得人，同事感追随之便。兹有求者，我没有黄草纸了，请赐一张，交由刘顺带到厕所，鄙人到那里坐殿去也。"意即：你现在代理校事，就该解决问题，虽然是区区一张手纸。

他说过"我不大懂胡适"。"我想，他总是一个有很多中国历史知识的人，不然的话，不可能在北大教中国哲学史。顾颉刚和傅斯年这样的学生，都是不大容易应付的。""有一天他来找我。我们谈到'必要'时，他说，根本就没有什么必须的或者必然的事要做。我说：这才怪，有事实上的必然，有心理上的必然，有理论上的必然！我确实认为他有毛病，他是搞哲学的呀！""还有一次，我写了那篇《论手术论》之后，谈到我的文章，他说他不懂抽象的东西。这也是怪事，他是哲学史教授呀！"——他对胡适的"不了解"、"不懂"，或者就是"不以为然"之谓。而胡适对金这位老牌的自由知识分子的政治顾问，也颇有揶揄之意："政权已很成功地做了一件不可能的事，就是将这一位最倔强的个人主义的中国哲学家的脑给洗干净了……"

金自己也说："在政治上，我追随毛主席接受了革命的哲学。实际上是接受了历史唯物主义。在宇宙观方面，我仍然是实在主义者。”他对新中国的建立和革命的态度，是“合作”和“协调”。他的内心是和谐的。他曾拿自己打趣道：“要是不解放，我可能早死了——当然这说的主要是喝酒。”

金这个人可谓见棱见角，放任自流。他说：“解放前也有思想工作，那时不叫思想工作，叫劝劝。有一次吴宓在报纸上发表自己的情诗：吴宓苦爱毛彦文，九州四海共惊闻。”当时有同事派他去劝劝。“我不知道为什么叫我去，更不知道我为什么就去了。”金是这样劝吴的，金说：“你的诗如何我不懂，但是你的爱情涉及毛彦文，这不是公开发表的事情，是私事情。比如我们天天早上上厕所，可是我们并不为此而宣传。”吴当即生气了，反驳说我的爱情不是上厕所。但是别忘了金是教授逻辑的，立刻说：“我没有说它是上厕所，我是说私事不应该宣传！”时隔多年，他才觉得自己说话确实不妥当。“张奚若有几次当面批评过，说我的话不伦不类，我都没有理会。”

张奚若和金岳霖是好友，但有时候也吵架。有一次话不投机，争论起来，金说张真是充满傲慢与偏见，张马上反驳说，你才是缺乏理智与情感——《傲慢与偏见》、《理智与情感》是简·奥斯汀的两部著名小说。

他对于仕途颇为漫不经心。他曾经说：“对于南京方面人事上的安排，我的兴趣也不大。”那时，他是这么说的，也是这么做的。蒋介石的《中国之命运》发表后，联大教授们非常反感，金岳霖甚至拒绝阅读这本每人必须阅读的书。

一个黄昏，殷海光随金岳霖散步时，说现在各派的宣传都很凶，不知哪派是真理。

解放后头一年多的样子，他接触最多的是哲学家艾思奇。“我非常之喜欢他，也非常之敬佩他。”“他到清华讲演的时候，对形式逻辑的成见还没有取消。他骂了形式逻辑一两句之后，就讲辩证唯物主义。我和他边走边说话，我说你骂了形式逻辑之后，所说的话完全合乎形式逻辑，没有一点错误。张奚若在旁边扯我衣服，我也没有打住。我是在找错的思想指导下听讲的，他的讲演确实逻辑性很强。”

20世纪50年代，中国学术界进行了一场形式逻辑的大讨论，毛主席号召广大干部群众都要学点逻辑。为此，金主持编写了《逻辑通俗读本》，以推广与普及逻辑。该书于1962年出版，先后共印一百多万册。1961年，高等教育部邀请金岳霖主编《形式逻辑》，作为高校文科教材，但由于文化大革命的原因，于1979年才出版。他还曾担任《毛泽东选集》的翻译工作。

金的回忆录中谈到，他与毛主席是同乡，曾与毛主席吃过四次饭。第一次是1957年在怀仁堂。毛大概已经知道金是湖南人，坐下来，给了他几只辣椒。席间，金记得最突出的事情是一个年轻小伙子跑来抱住了毛主席，使他饭也不能吃。毛主席在他背上轻轻地拍个不停。金事后笑道：“这件事充分表现人民的领袖与人民之间没有隔阂。”

最后一次吃饭是1959年之后，“文革”之前。席间，章士钊谈话中提到苏联，说“西邻责言勿理也”。金作为乡晚辈席间不便讲话。回程路上却忽想起，倒可以对上“东里子产润色之”的下联。并笑道，如果说出来，毛主席一定会大笑。——金对于毛主席的感情及其倡导的主义的崇敬之情，可见一斑。

1963年，毛主席七十大寿。金听说毛主席是不让人给他祝寿的，他们几个乡辈就商量，以为公开祝寿不妥，但私下祝寿未尝不可。这事就交给金来办。他于是举寿联为：“以一身系中国兴亡，入此岁来已七十矣；行大道于环球变革，欣受业者近卅亿焉”。将毛主席对于中国以及世界的影响与改变，表达到了极致。

其时，《人民日报》重新发表毛主席的《实践论》。金读了之后很高兴，在《新建设》上发表文章，提到学习新思想的涓涓之水可以成江河。结果《新建设》将“涓涓之水”印成“渭渭之水”，金很气愤。提起《实践论》，他曾碰到“吃一堑长一智”这句话，向钱钟书请教。他马上翻译成：“A fall in the pir,and a gain in your wir.”“这真是再好也没有了。”

“文革”期间，金虽也作为“反动学术权威”遭到批判，但似乎没有更多地受到残酷迫害和非礼对待的文字记录。相比同时代的知识分子，他在上世纪五六十年代的中国，日子还是好过的——1952年，全国高校院系调整，6所大学哲学系合并为北京大学哲学系，金岳霖出任系主任。1955年，中国科学院哲学社会学部成立，金岳霖任学部委员。9月底，任哲学研究所副所长兼逻辑研究组组长。甚至在1965年左右，他的《罗素哲学批判》一书完稿。

金似乎总有福祉常伴左右。他虽做学问，也是做得不苦。在1937年以前，他“有一个厨师，咖啡都是按照他规定的比例调制的”。解放后，他爱喝牛奶，爱甜食，爱猫，爱吃大李子，养过黑狼山鸡，又斗蛐蛐，注重绸料衣服，喜欢中国菜，喜欢枣红，或者赭红的颜色，喜欢栀子花……他不喜欢政治。他曾发表了一篇题为《优秀分子与今日社会》的文章。他在文章中说：“我开剃头店的进款比交通部秘书的进款独立多了，所以与其做官，不如开剃头店，与其在部里拍马，不如在水果摊子上唱歌。”他希望知识分子不做官，也就是“不做政客，不把官当做职业，但要有一群志同道合的人在一起”。并说：“掀起一个时代人的兴奋的，都未必可靠，也未必能持久。”“经过自己长久努力思考出来的东西……比如说，休谟、康德、罗素等人的思想。”

他的通透的幽默感，伴随一生，内心始终保持和谐、乐天的状态。他曾说到他晚年深居简出。毛主席要他“接触接触社会”。金当时已经80岁了，怎么接触社会呢？他就和一个蹬平板三轮车的约好，每天蹬着他到王府井一带转一大圈。听来令人笑不可抑。他这个人总有一些放任不羁、出其不意。他对于俗世的敏锐和聪明是由里及表的，而他同时也是一个现实主义者。

这个世界，时间过得这么快，人们这么忙乱，哲学这么多，人们生存的技术和艺术每天都在变化。但有一种人始终以德行行于天下而非以技术。之所以令人高看，倒不是因为这种人获得了多少现实利益，而是他的内心是自由的、松弛的、放任的，属于自己的。金岳霖当属于此。

金岳霖（1895～1984）：哲学家、逻辑学家。亦是最早把现代逻辑学介绍到中国来的逻辑学创始人之一。著有《论道》、《知识论》等。曾与林徽因“毗邻而居”，终生未娶。

张爱玲：在心尖上雕刻

我觉得张爱玲最好的作品不是《倾城之恋》，也不是《红玫瑰与白玫瑰》，甚至也不是《金锁记》、《沉香屑》。那里面固然有对女性命运的精妙体察，对世道人心的一语洞穿，加之与生俱来的骨子里的高傲与冷，使读者仿佛五脏六腑变换了一个全新格式。但它们似乎是过于华丽了，还保有年轻时代的色彩和底调。长篇小说《十八春》却完全地练达而老成，靠的全是内里的实实在在的好。并且写了人的命运由鲜亮变为黯淡之必然，之无可奈何的宿命感。人仿佛是上界手中的巨大玩偶中的红绿骰子，在时空颠簸中颠倒一个个——其实这才是接近真相的。她的每一句话都像是在巅峰处说的，既在高处，也落实地，都说在了该说的地方，多一分和少一分都是要走样的。她正式出版《十八春》的时候是1951年，也不过才刚刚31岁。

《十八春》中的顾曼桢，是一个普通的上海女孩子。脸圆中见方，也不是方，头发纷乱地拢向脑后。永远穿着暗蓝旗袍，一本线装书似的。因为她姐姐曼璐蜕变为一个二流交际花的缘故，她这样的穿着多少有些自卫的意味。然而在沈世均眼里，她却是“纤细而坚强的，笼统的好”。

零零散散的片段聚合，经过组合的她就鲜活起来。她是上海里弄里那个琐碎又懂事的邻家女子。睡下了，听她母亲窸窸窣窣地在黑暗中摸索，忍不住道：“拖鞋在门背后的箱子上，我怕他们扫地给扫上些灰。”偶尔，她的暗蓝旗袍外面，罩一件淡绿的短袖绒线衫，胸前一排绿珠纽子，一大截手臂浴在月光里。

她在楼梯口忽然看见那个“不笑像老鼠、笑起来像猫”的姐夫祝鸿才，只有忍住不笑。然而在他看来，仿佛是一种娇羞的憨态，不由得悠然神往。曼璐生病，曼桢去探望。回家时祝鸿才赶着用汽车送她。她闻到了刚才不曾闻见的香水味。在一个封闭的空间里，他散发着一股香气，而她静静地散发着一股冷气。

写到世均头一次到曼桢的家。顾母做了两碗糖卧鸡蛋打发人送来。他碗里有两只鸡蛋，她碗里却只有一只。圆桌吃饭，碟子也层层叠叠堆放于世均的一方。可见老人的一片心。他们对晚辈的未来，总是寄予了无限的希望在里面。

世均回南京的家，只因曼桢在上海，他在南京的雨夜里想起她，“故乡就变成异乡了。”于是他忍不住一大早下了火车就来厂里，恰在门口遇见她。他急道：“曼桢，我有话对你说。”曼桢看他着急的样子，上下打量他，一连串猜测在她脑里闪过——他订婚了，他家里出了事，他辞职……他却道："我有好些好些话要对你说。"书中写道："他其实已经说了，而她其实也已经听见了，这世界忽然照耀了一种光……"

她的笔仿佛是有神灵指使的。事情越是千钧一发，她却越是漫不经意。这种千百年来世间男女所痴心的一桩事，若放在俗家笔下，不知要制造多少啰嗦、琐屑而无聊的语言幻象呢，并且还往往纠结于外围，深入不到那一个层次内里。而她三言两语，全都着了精要，一下子呈现了事情的真相，直抵人内心深处最柔软的部分。仿佛是在人心尖上雕刻，如此的精妙、确切与传神。这样的工作，真非天才而不能。

《十八春》最要紧的好处还不是形式上的，而是形式所服务的内在本身。美的形式在技术上是可以复制的，它如叶片的暗影。叶子连结了枝蔓，枝蔓连结了枝条，枝条连结了枝干，许多根线条形成一个走势，顺着某一种逻辑秩序，终结于根脉核心。这核心才是真正令人触目惊心的。它必是赤裸的，也是坦率的，藏不住任何的秘密。它是关于一个人心目中的世界究竟是什么样子的，更有对人生世态的观念。它所展现的点滴零碎，都来自这里。对世界的理解是混乱的，由这个根脉核心抽条出的枝蔓花叶，也必定是繁复混乱、没有秩序的。

她偏偏让美好而干净的生命轨迹，经历灾难与泥沼。曼桢被姐姐囚禁而被姐夫玷污，生了孩子，却不得不为了孩子再回到灾难与泥沼里——在姐姐死后居然选择嫁给了前姐

夫。“她固然是带着一种自杀的心情。但死了倒也完了，然而生命却是比死更可怕的。生命可以无限止地发展下去，变得更坏，比当初想象中的不堪更加不堪。”

我觉得她对世界的理解是悲观的，也有超现实的成分。她有着伤痛，也有着对世道人心的彻底失望。她为了保存着她的傲慢和尊严，只能选择孤独。以前很多人一提起张爱玲，就仿佛进入了戏剧情景，表情和腔调也立即被附魂了上海上世纪三四十年代的风雅。这样的附庸风雅，倒很像是街上穿着旗袍的女子。旗袍上淡青底色上绣着橙黄牡丹，似乎是餐花饮露人物，却大力骑着单车，奔波于城市街巷，令人有时空错愕之感，更觉哭笑不得。

而对于她，人们似乎是只觉其雅，而不觉其痛。一个孩子的天目，必定是因为痛苦才被打开的，这使她看见了这个世人所不察觉的隐性世界。她固然有着贵族血统，生活优裕。少年时代曾经快乐地在她母亲家的狼皮褥子上滚来滚去，听着客人们演话剧，唱英文歌。岂知后来的生活急转直下，母亲离开，只剩下她和弟弟跟着父亲生活。他们的生活是可以想见的。有钱也不行，不是钱的事。他们的裤腿永远短了一大截。冬天的鞋子进了水，肿胀得如一只面包。只是因为她对继母顶了嘴，她父亲的耳光打过来。她只记得她的脸偏向左一边，又偏向右一边。他父亲甚至囚禁她半年，病了也不给医看。没心没肺的孩子或许慢慢把这忘了，偏偏她有的只是灵性，她是靠着灵性生长的，就只有把这苦痛储存了。那些整块吞咽的痛苦慢慢结了痂，内里的变异却只能如腐水一般慢慢地流淌出来，毒素一般渗透在她的生活里。或许那些情节，只是毒素作用的征象。文学之笔下情节往往是写作者心理经验开放的瞬间。

那时候她心中的母亲，其实是一个虚幻的存在了。母亲，除了是血脉之源，更是安全、温暖、爱之所在。但这些过早地离她远去了。她如《倾城之恋》中的白流苏："'妈！妈！你老人家给我做主。'她母亲却呆着脸，嘻嘻笑着不做声。她搂着她母亲的腿，使劲摇晃着……她所乞求的母亲和她真正的母亲根本是两个人。"我仿佛看见了她在繁花似锦的表层底下，求助而又无助地，爱又恨着她的生之源。这世间最艰难的悖论，她过早地面对了，也因此生发出对世界的悲剧感。她对心中那个叫做母亲的存在，只是心向往之，而永远地求之不得了。

那一个苍凉的手势是属于她的。她在炫极之后给人们留下的是背影：1950年，她曾参加上海第一届文学艺术界代表大会。之后1952年赴港，写剧本《小儿女》、《南北喜相逢》，又翻译《老人与海》、《爱默森选集》。1954年写《秧歌》、《赤地之恋》。1955年离港赴美，终于消逝于公众视野。

以她，如果她选择留下， 那无非为"文革"史再添一桩凄美的冤案罢了。

张爱玲（1920～1995）：中国最杰出的小说家之

一，海派文学代表人物。被称为“天才奇女”、“海上之花”。最具代表性的作品有中篇小说《倾城之恋》、《红玫瑰与白玫瑰》、《金锁记》、《沉香屑》及长篇小说《十八春》、《怨女》。晚年又写作《秧歌》等。

苏青：花开花落

语言是经验的外衣，有多么丰富的语言，就有过多么丰富的经验。但人们常常以为自己是在创世纪，妄想在天空中会留下翅膀的划痕。殊不知，但凡能以语言描述出的状态，都已被前人所体察所感触所提炼所表达。天空中早已布满飞翔的轨迹，鲜有经验的空白。因此说，如果在时间面前，人们都同病相怜，那么在经验面前，人们都可以引为同志同道。张爱玲说，所有女人都是同行。面对世界，所有人又何尝不是同行呢？过生活，就是他们的职业。

对于上世纪30年代的“汉奸文人”苏青来说，她的生活经历诸如坎坷、突围、孤独、凄凉，自是一生写照，也是千百年来不幸女人的经验叠加。在30年代的上海，年轻时代的苏青的《结婚十年》固然名噪一时，但是一个人在生活的传送带上能跳多高，跳多远，毕竟不是自身能量所能决定的，还有命运机缘的因素，还有在命运波澜之下的自我掌控力与审时度势的清醒度，还有与世界达成妥协的程度。如同大部分女人，苏青的挣扎与奋斗显然是盲目的。她的前半生的焦虑就是想找到一个“学识财产不在女的之下，能高一筹更好”的丈夫，但是始终未能如愿。漫长的10年婚姻矛盾丛生，最终失去婚姻的她迫于生计，与大汉奸周佛海和陈公博相识，在《古今》上发表文章——该刊创办者是汪伪政府的交通部次长朱朴。在朱朴的授意下，苏青再写文章赞颂陈公博。甚至，陈公博一度要请苏青做他的私人秘书，或者安排任政府专员，她也由此落下“汉奸文人”名声。

有人说，苏青沾腥惹臭或许是考虑自己一个孤身女子在大上海混事不容易，需要有人庇护，完全是出于本能。毕竟她要养活三女及母等全家五口——她一个小小文人，在政治上能有什么远见卓识呢？但公众书写的历史并不为此原谅她。

苏青在《关于我》一文中辩诬说：“我在上海沦陷期间卖过文……但那是我不得已耳……我以为我的问题不在卖文不卖文，而在于所卖的文是否危害国家。正如米商也卖过米，黄包车夫也拉过任何客人一般，假如国家不否认我们在沦陷区的人民尚有苟延残喘的权利的话，我就如此苟延残喘下来了。”

事实上，苏青是在国家动荡之时在政治夹缝中生存。她说过：“我很羡慕一般能够为民族、国家、革命、文化或者艺术而写作的人。近年来，我常常是为生活而写作。”并说，“我投稿的目的纯粹是为了需要钱！”“而且我所能写的文章还是关于社会人生家庭妇女这么一套的，抗战意识也参加不进去。”

苏青的作品《结婚十年》与《浣锦集》等究竟有多高价值，至今也真令人存疑。尽管张爱玲说，“把我同冰心、白薇她们来比较，我实在不能引以为荣，只有和苏青相提并论我是心甘情愿的。”并说，“苏青身上有一种天涯若比邻的广大亲切”，但是苏青的为文却总有一种风尘的味道——一个女人，到了文章中什么话都敢说的地步，难免等而下之，真正成为一个比妇女还妇女的地道的妇女了。

我以为她的为文品相欠佳，倒并不是因为言辞大胆泼辣，而是通俗而流俗。且看她所说：“女人与男人不同：男人是地位愈高，学问愈好，金钱愈多，则娶亲的机会也与此等成正比例；而女人却必须成反比例。因为在性的方面，男人比女人忠实，男人只爱女人的青春美貌，而与其他的一切无关。

“美貌是天生的，青春是短促的，不能靠人的努力去获得，甚至于愈努力愈糟糕，结果女人是吃亏了。女人只能听命于天，但天也并未完全让女人受痛苦，唯一补救的办法，就是予她们以孩子。她们有了孩子，爱便有了着落，即遇种种缺陷与失望，也能勇敢地生活下去。没有孩子的女人是可怜的，失去孩子的女人是凄惨的，但是失去总比从来没有过的好一些，因为前者还有甜蜜的回忆与渺茫的期待。

“一个善于脸红的女子并不是因为正经，也许她的心里更加迫切需要，而脸上表情就不免讪讪的。同时非常明朗化的女子也并不见得因为她的脾气如同男人，也许她是有欲望的，她想缩短男女间距离，而得容易同男人接近。

“女子不能向男人直接求爱，这是女子的最大吃亏处：从此女人须费更多的心计去引诱男人，这种心计若用在别的攒谋上，便可升官；用在别的盘算上，便可发财；用在别的侦探上，便可做特务工作；用在别的设计上，便可成美术专家。可惜是这些心计都浪费了，因为聪明的男人逃避，而愚笨的男人不懂。那些聪明的女子真是聪明得令人可畏。”

江荣在《拂去尘埃读苏青》中说：“40年代前期的上海，时代特殊，环境复杂，在那个环境下活动，若无清明的国家、民族意识，若无坚强的意志以及有保障的生活来源，很容易沾上腥气。”戴锦华认为：“苏青只是在一种男性行为的压抑之下，在一种死寂的女性生存之中，道出的一种几近绝望的自虐自毁性的行为。”

新中国成立后，文学提倡创作为工农兵服务，像苏青这样以写青衫红粉、家长里短为主题的作家是无法上阵的。张爱玲远去海外，苏青显得格外的寂寞。更为难堪的是生活无着。1949年底以后，苏青求职无门。1951年后，她在芳华越剧团工作。为配合“三反”、“五反”运动写了几部剧本，但都未获成功。1954年，由苏青编剧的《屈原》、《宝玉与黛玉》反映颇好。但她在改编历史剧《司马迁》时，写信向复旦大学教授贾植芳讨教。不料，1955年胡风事件，贾植芳被打为胡风分子，被判刑，苏青也就被打成胡风分子，关进了上海提篮桥监狱。再后来的1966年“文革”，苏青被抄家，被揪斗。晚年生活困难，常因住房狭小与邻居矛盾，被人欺负。1975年，苏青从黄浦区文化馆退休。退休证上写明：原工资61.7元，按7折计算，实发退休费：43.19元。“成天卧床，什么也吃不下，改请中医，出诊上门每次收费一元，不能报销，我病很苦，只求早死，死了什么人也不通知。”这是她给朋友的信。

时过境迁，人们早已经忘记了这个曾在上海红极一时、与张爱玲同称为“双璧”、“苏张”、“孤岛奇葩”的女性了。

苏青（1914～1982）：小说家、剧作家。与张爱玲并称为“海派文学代表人物”。代表作品为自传体小说《结婚十年》。散文结集为《浣锦集》、《饮食男女》等。

金应熙：叛逆还是精英

岳南的《陈寅恪与傅斯年》一书，最精彩的部分是1958年至1966年：“反右”开始，在学术界处于领头羊地位的陈寅恪自然逃不脱被批判讨伐的命运，对陈寅恪的大字报也由最初的“彻底批判”升级为“拳打大顽固，脚踢假权威”，“烈火烧朽骨，神医割毒瘤”。并且大张旗鼓说：“陈从来不学习马列，也不相信马列。他是以资产阶级厚古薄今的治学态度，对封建的史书古籍作繁琐考证，兴趣在于鄙琐不堪的小节——比如杨贵妃的身体是胖是瘦，入宫以前是不是处女，与安禄山之间究竟是否发生关系等。”陈寅恪脱离大时代，躲进小楼成一统，还居然偷偷研究处女问题，这还了得！一时间喊打之声甚嚣尘上。

故事的现实版是这样的：陈寅恪弟子、被视为史学大师接班人的金应熙，1957年“反右”前，入党提干，成为中山大学历史系副主任，是重点提拔对象。“反右”运动开始，金应熙的热情变得高涨。直到1958年听到上头放出批陈的风声，正在北京出差的金立刻打道回府，在中山大学校园里张贴大字报，指斥陈寅恪的史学方法是唯心主义和形而上学，并认为这是一种思想的“反动”。在大字报的狂潮中，唐筼把它抄录下来，哭着念给陈寅恪听。陈勃然大怒，说“永远不让金应熙进家门”。从此金被刻上“背叛师门”的红字。尽管金后来负荆请罪，跪地求饶，但陈只淡淡道：“你走吧，免我误人子弟。”决然将其逐出师门。

心灵版的“师门恩怨”呈现了多维的角度。与金亦师亦友的梁羽生，认为他是一个理想主义者——年轻时代的金应熙中学在香港读名牌英皇书院，高中会考名列榜首。大学读香港最高学府香港大学，年年第一。其人性情旷达，痴迷象棋，博闻强记，学术涉猎甚广，可谓聪明一世。据梁回忆，1958年有人问金念过多少首唐诗。答曰2万多首。闻者惊疑。因为《全唐诗》总数才4万多首。但梁羽生对此不存怀疑。因每有学生问其唐诗出处，他都可把整首诗念出来，解释其中僻典，被赞为“懂得加记得尤其难得”。上世纪40年代末50年代初，金把自己的研究重点由学术转而政治，时常作政治报告，听者爆棚。而左倾、迷惘、反思，正是理想主义者的三部曲。

然而，其人散漫自由，形容脱略，并无心机，仍有多例可以证明。其一：在岭南大学，年轻时代的金应熙曾追求盘女生未遂，失魂落魄。那年暑假，盘女生之男友来岭大探望，金居然给他安排住所，照顾得无微不至。他自称对盘女生的情感早已升华，有人说这是诗人气质——其性情可见一斑。其二：据说，“四人帮”被打倒之后，公安部门请金应熙作一个报告。讲完他一个人回去，走到街上，蹲下观棋。正有警察跑来赶走这些阻街的人。他起身慢，被猛烈地踢了一脚屁股。警察一看，吃了一惊，这不是刚才作报告的那个人吗?

历史的大旋涡，不会放过任何一个角落。当时的气氛，按照岳南的描述，“站在无产阶级阵营中的‘革命者’，如饥饿的狼群在风雪急骤的暗夜中，嗅到远处密林中飘来的血腥气味，野性横生，对猎物追逐、捕杀、撕咬。”金的选择，是品性使然，还是历史必然？是缘于内心的主义，还是迫于生存利益？是纠结于犹疑多思的心性，还是恐惧于政治高压的威慑？抑或两者兼而有之？按梁羽生的说法，其中包裹一种“甚难评说的人生”。

梁羽生在《金应熙的博学与迷惘》一文中为金应熙一辩：“陆健东的《陈寅恪的最后二十年》中说到金应熙谈陈寅恪对历史现实的情感倾向时，有意识地引用了陈寅恪的一些身世背景——只就揭批的实质内容来说，那也是众所周知的，并非只是至亲好友才得与闻的私隐。论者若据此云是‘出卖’或‘践踏信赖与私谊’似乎有点言重。”

有趣的是，有人说金善于观察风向，开会时往往准备两份观点截然相反的发言稿，让人难以置信。梁羽生道：“……即使是，以金的聪明和特强的记忆力，何须花此笨功夫？中学生的辩论比赛往往临时抽签决定正反两方，可以即时发言，金应熙岂有不能之理？”

故事的引申版更振聋发聩。在政治风潮席卷之时，准备两份发言稿的人，实在不在少数。岂止彼时！即使现世，看风向、墙上草、见风掌舵以至于失去基本的正义品性，仍是万能的生存智慧——历史大事件，往往将人逼仄到最后一刻方能考量其品性质地。不能进入历史的小事件，也处处显现对品性质地的逼仄与考量。

金应熙（1919～1991）：东南亚史等研究学者。曾师从陈寅恪。因1958年随政治风潮贴出大字报指斥陈寅恪的史学方法为唯心主义和形而上学，认其为思想的“反动”，被逐出师门。

观念的精英

伍尔夫：错乱的天使

王小波说他在云南插队的时候，看见骟牛，其中关键的环节就是有人凶猛地拿个锤子，把牛蛋一下子砸扁。然后他发挥说，其实人生的过程，就是那个被砸扁的瞬间被分解在若干年中的动作慢放——我们的精神活力是怎么被砸扁来的？由于日常生活中那些卤蛋饭啦、姜汁撞奶啦、穿心莲啦之类的味觉麻药的作用，由于生存利益的驱使和威胁而随时随地、零零碎碎地自我拧巴，更由于漫长的时间造成的舒适感、麻木感和惯性，已经使我们忘了被砸扁时的最初疼痛。

随着那些拧巴越来越密集、越来越合情合理、以至于习惯成自然的时候，微笑一圈一圈荡漾了，鼻涕泡也冒出来了。牛适应了，我们顺应了，生活也平静了。

弗吉尼亚 · 伍尔夫，那个活在19世纪末20世纪初的疯狂女人没有阉割自己。按照常人的眼光来看，伍尔夫就是一个女版的乔伊斯、心灵版的尼采、现代版的梵高，总之是个疯子，一生确因患精神病疯癫多次。然而如果按照骗牛理论的解释，正常的人们不断修正自己，分身做了几个人，时刻转换开关，日趋刻薄、邪恶与异化——人们已经习惯于病态，而病人们，病因只是因为他们更期待正常。带着这个评判看一看路人，就觉得这世界上全是荒诞的逻辑。

如果伟大一定是错乱的，那么她的意识流小说《戴洛维夫人》、《到灯塔去》、《海浪》之类应该是现代性小说的伟大代表。中国的当代读者对于它们，“没读过的人不好意思说不想读，必须回答‘一直都想看’；读过的人不好意思说不好，反而暗示自己的格调。”在20世纪初的英国上流社会，都知道她这个人。敏感，神经错乱，脆弱，小众的代表人物。伊丽莎白·泰勒1966年出演《谁害怕弗吉尼亚·伍尔夫》（后译为《灵欲春宵》）获得第38届奥斯卡最佳女主角。电影其实跟这个“伍尔夫”毫无关系，只是讲处于社会中上层的知识分子的苦恼和困扰，人与人之间的无法交流和孤独，以及由此引起的精神苦闷。但由此可见“伍尔夫”其实就是“小众精神狂”的符号人物。

她的读书心得却是理性的，坦率的，自由的，敏锐的，毫不客气的。在《伍尔夫读书心得》里她颠覆了常规思维。她说，作为一个读者，独立性是最重要的品质。如果把那些衣冠楚楚的权威学者请进图书馆，让他们告诉我们该读什么书，那就等于在摧毁自由精神。她解释说，滑铁卢战役是

在哪一天打起来的，这种事当然会有肯定的回答，但是要说《哈姆雷特》是不是比《李尔王》更好，那就谁也说不准了。她说，为了得到自由精神，当然也得对自己有所限制。我们不能愚昧而徒劳地浪费精力，为了给一盆玫瑰浇水，结果把半个院子全浇湿。我们必须培养把控对象的能力。她的意思翻译成糙话就是：一个人在书里，就像一个人在床上，是不需要别人教的，比照权威真是太滑稽了。

她这样评价传记："一个傍晚整幢屋子的每个房间都亮着灯，绅士们在用餐，一个姑娘准备参加晚会，一个老太婆在打毛线，这里正在上演人生戏剧中的某一个片段。传记和回忆为我们照亮许多屋子。"

她说男评论家对难看的女作家的感受：乔治·爱略特就是一个很好的例子。她那张难看的马脸、难看的长鼻子，那对难看的小眼睛，总是从她的书后边浮现出来，使男批评家们感到不快。而红袖添香的瞬间使他们改变对作品的看法——听听这位几十年前的美女所言，对照当下美女作家们的境遇和男评论家的状态，有多可笑！

她认为女人应该有：闲暇，一小笔由她自己支配的钱，和一个属于她自己的房间。写作时，她们既不是男人，也不是女人，只有"一片无性别的疆域"。她认为没有男人，女人便陷入一片黑暗，她们只会互相轻视，互相猜疑，互相忌妒。"但现在情况有所改善，不敢断定'一个女人读了另一个女人的书之后，除了嫉妒肯定不会再有其他感想'。"

她批评《简爱》这类故事总是当家庭教师，总是堕入情网。夏洛蒂·勃朗特没有这种塑造人物的力度和宽阔的视野。“她不想关注人生的普遍问题，甚至没有察觉到这些问题的存在。她的全部动力，就在于她要自我申诉：我爱，我恨，我在受苦。”她认为托尔斯泰是最伟大的。“当我们真心诚意地拜倒在他面前时，他会满腹狐疑地避开我们。”

那些自由精神的丧失，是渐渐的。就像堕落是不知不觉的。我们在最初被勒令写“最有意义的一天”命题作文的时候，在被反锁在房间里践行着成年人笃信的种种教育理念的时候，在沉溺于大胡子长头发中式衣服的伪大师们教诲的时候，在被荒唐的流行裹胁的时候，一定曾经感到瞬间拧巴来着，那些都是自由精神被阉割之前的前奏。时隔半个世纪，可以感受到她的自由活力还在。

如果说女青年们在上个世纪末总说自己热爱张爱玲，到了新世纪，由于没人可以热爱而被迫改成朱天文的话，那么可以把苏珊·桑塔格留给男青年们去热爱，试着热爱一下弗吉尼亚·伍尔夫，一定是不会错的。

弗吉尼亚·伍尔夫（1882～1941）：英国女作家，被认为是20世纪现代主义与女性主义的先锋之一。最知名的作品为《戴洛维夫人》、《到灯塔去》、《雅各的房间》、《海浪》、《岁月》、《幕间》等。

绿原：孤独中怒放

以年轻人的眼光看老年人，无论他们年轻时经历多么非凡，都是一页翻过去的历史。在前者看来，他们仿佛生下来就那么老，永远不会懂得他们易感的心。岂知那些长满皱纹的心，原也曾是“一只纸折的灯笼，里面燃起了一朵小小的风暴”。——诗人绿原在上世纪50年代写这首《手语诗》时，正作为“胡风反党集团”的骨干分子之一被单身监禁。囚室里每一分钟的沉默和隔绝，对他都是难耐的折磨。

王培元的《永远的朝内166号·与前辈灵魂相遇》可谓是对上世纪50年代至70年代中国知识分子的“不成样子的怀念”。林贤治在这本书的序中回溯说，“由传统士人蜕变的现代知识分子，历史负担无疑是沉重的。但知识精英与社会大众不是分头并进，而是后者瓦解和吞并前者……知识分子的命运史，其实是一部中国现代文化史，是一段相当漫长的‘苦难的历程’。”绿原是其中很具代表性的一个。

绿原在1954年给妻子的诗《小小十年》中写道：别让花香鸟语迷住我们/别让小桥流水绊住我们/别让贫贱的风霜打蔫了我们/别让苦难的雷电拆散我们。然而时间仅仅过去一年，苦难的雷电就把他们拆散了。

1955年5月13日《人民日报》发表了《关于胡风反党集团的一些材料》。编者按指出：路翎（被认为是“胡风反党集团”中的另一位骨干成员）应该得到胡风更多的密信，我们希望他交出来。剥去假面、揭露真相，帮助政府彻底弄清胡风及其反党集团的全部情况，从此做一个真正的人，是胡风及胡风派每一个人的出路。

王培元在书中这样说：在一个古都的暮春之夜，时任中国青年艺术剧院编剧的小说家路翎与绿原曾同为胡风主编的《七月》杂志作者，在长安街上散步。事情究竟严重到何种程度，他们没有也不可能察觉。

晴天霹雳和灭顶之灾，是在一个看似寻常而平静的日子里发生的。那晚他们匆匆告别，没有想到一别就是二十多年。

“从这一天起，这位1948年就加入中国共产党的诗人，这位讴歌过中南海里伟大的心脏的诗人，赞美过睡梦中幸福宁静的北京的诗人，这位把革命比作‘快乐的火焰’、在诗中唱着‘烧吧，火焰，快乐的火焰。我们把心投给你，我们把血浇给你，让我们成为你的一部分吧’的诗人，喑哑了歌喉，心灵和诗一起逃亡。”

事实上，说绿原是中美合作所的特务，源于多年前一封他给胡风的私信。它所产生的意想不到的政治效益，被用来虚构了一个反革命集团。

绿原曾回忆说，“1944年我在重庆复旦大学外文系读书，曾经和其他学生一起，由校方统一征召，为来华参战美军充任译员。因受训期间被当局认为‘有思想问题’，分配时便被通知由‘航委会’改调‘中美合作所’。当时我不胜惶恐，又举目无亲，只能向胡风求助，便给他写了封信。这就是1955年加以删节后公布出来的证明我是美蒋特务的那封信。

“胡风当时并不了解‘中美合作所’是个什么机构，但认为无疑是危险的。于是他立即为我决定——那去不得，并帮助我四下寻找就业的机会。”

书中记录了1955年绿原与公安机关的审讯员的如下对话：

审讯员：“……你什么时候从那里出来的？”

绿原：“我根本没有到那里去过！”绿原说，“要凭那封信把我打成特务，我死不瞑目！”

审讯员呵斥道：“是就是，不是就不是。不准对组织发誓。”

绿原后来回忆说，“实在想不到，明明是国民党势力的迫害对象，竟在一则按语的逻辑支配下，一下子变成了‘美蒋特务’；更想不到的是，明明由公安部查明了真相，但为了维护按语的权威性，仍不得不把这项诬枉继续坚持下去，直到二十五年之后，党的实事求是的传统得以恢复，‘两个凡是’论被推翻，这些谣言才悄然偃息下来。”

1955年始，绿原先被监禁在西单大磨盘院中宣部宿舍，公安部门来人审问他“胡风反革命集团”及“中美合作所”

问题。然后被转入东总布胡同，完成了“交代认罪”的过程。最终他被迫承认了“反革命”。然而每天午夜醒来，都心惊肉跳，难以入眠。

书中这样记述：刚开始单身监禁时，他整天捏着手指呆呆地静坐着，脑袋里时而一片空白，时而思绪纷乱。但是，谁能强迫思想也静止不动呢？在不足10平方米的囚室里，几乎每天，他沿着对角线，走过来，再走过去，有时候停下来，或是蹲下身，低头看从土缝中爬进爬出的蚂蚁。

他的孤独使他迸发了另一行诗句：告别了亲人，也告别了人民，甚至告别了人类/没有分秒，没有昼夜，没有星期，没有年月/再没有声音，再没有颜色。再没有变化，再没有运动/漂流在时间的海洋上，坚信一定会发现一个新大陆……他成为时间与孤独的洪流中的“又一名哥伦布”。

一个偶然的机会，他得知同伴路翎也被关在隔壁。他每天发出悠长可怖的狼嗥，精神已经完全崩溃。在这里，孤独是比迫害更持久的敌人。

同样有牢狱经验的章诒和在中篇小说《刘氏女》创作谈中写过这样的话：“监规里的强制性沉默与间离，使我一下子深刻认识到人的互相依存性。如果用强制手段消灭这种依存性，任何一个人都会陷入深深的痛苦。”

所以绿原“不再发誓、不再受任何誓言的约束、不再沉溺于赌徒的谬误、不再相信任何概率、不再指望救世主”……为了让精神不致崩溃，为了在汹涌而来的时间洪水中不至于沉没，他开始读外语书籍《列宁回忆录》、《战争与和平》。为了弄清“文艺与政治的歧途”，他认真读马列经典原著。他给自己制定时间表，从头自学德语。

他被转到秦城监狱以后，经常和关在这里的国民党战犯如黄维、沈醉等人一起劳动。黄维在德国留学，德文水平很高。绿原向他求教。一张口念德语，黄维就笑了。说：“你这个德语，大概是书本上看来的吧……”

“从1956年到1962年，绿原默默研修德语。天知道，他一个人，在狭小逼仄的囚室里，日复一日、年复一年、失去自由的生存和挣扎中，以怎样的精神，怎样的毅力，怎样的耐性，咬紧牙关坚持下来的。”

1962年，公安部门对之“免于起诉”。时任中宣部副部长林默涵与之谈话时说，“这几年隔离也有好处，学到一门外语。要是在外面，像我们这样忙忙碌碌，很难学到什么的。”

绿原先后直接从德文翻译《浮士德》、《黑格尔传》、《茨威格散文选》、《叔本华散文选》等。《浮士德》的音律严格，一个平庸的英译本曾被嘲讽为“将音乐译成语言”。

他以严谨的治学态度，对照国内外各种版本，直接从德文翻译。经过“扬其长，弃其短”，被评价为“在奔向《浮士德》真谛的这场接力赛迈出令人赞叹的一步”。

他当年在隔离时期所写的《又一名哥伦布》“……蓬首垢面手捧一部‘雅歌中的雅歌’／凝视着千变万化的天花板／漂流在时间的海洋上／他凭着爱因斯坦的常识／坚信前面就是‘印度’——即使终于到达不了印度／他也一定会发现一个新

大陆”。

在他后来的诗句里，没有呈现憎恨的句子。

杨澜在采访王光美时问及当年她曾被强迫穿上旗袍、戴着乒乓球做成的项链被揪斗时，是否害怕。对于这个敏感的问题，或许她完全可以回答“看到的全是周围的人性恶”。但王光美的回答是：“我不想去追究……”曼德拉被关在大西洋小岛上27年，受尽三位白人看守的虐待。但是1991年他就任总统时，他的举动震惊世界——邀请三位看守到场。他说，我如不能把悲痛与怨恨留在身后，那么我仍在狱中。他们都不想再做怨恨的囚徒。

绿原也是一样，他始终在做自己心域的主人。

绿原（1922～2009）：原名刘仁甫，又名刘半九。诗人、翻译家。因20世纪40年代与胡风的交往而在1955年被打成“美蒋特务”，后又遭受“文革”风暴。

章诒和：散发坚硬的冷气

严格说来，一个人极尽一生都不可能真正认识自己。旁人试图破译其文字的密码、解锁其灵魂的门禁，以鉴别真相认知全貌，更是不可能完成的任务——不要说每一部著述之于作者，正像支流与河床、枝条与根系，就是每一个细碎文字的组合构成，准确而极限地传达了灵魂。灵魂这东西也如空气般瞬息万变，扑朔迷离，复杂多义。因此所有的读者与作者之间，都存在误会。即使瞬间地离近，也将永久地隔远。

所谓见仁见智，只是误会的另一套说辞。

也许是误会吧，在我看来，《刘氏女》正是章诒和心口上的一道骇人的疤痕。她1960年考进中国戏曲学院戏文系，1963年被下放。“文革”间因在日记中写“一人得道鸡犬升天”而惹下大祸，1970年被打成现行反革命判有期徒刑20年。1979年被无罪释放。她说，“我在监狱近十年，和女犯们日出而作，日落而息，从26岁到36岁，比某些夫妻的婚龄长，比很多小两口还亲。那里外表平静如镜，其实终日翻江倒海！”《刘氏女》正是10年牢狱生活系列小说之一。刘氏女，就是指她的同牢女犯刘月影。

故事从中队长指派刘月影杀猪、章做助手开始。让刘月影干这件事，可谓知人善任，意味深长。这是她后来慢慢知道的。刘月影经历了一场令人绝望的婚姻。“他在，我没法活；除非他死，我才能活。”于是这个女人筹划了一场镇静的谋杀——用半年时间，存储了足量的花椒，在一个安静的冬夜，一如往常地进行了一次熟练的屠宰，只不过这一次屠宰的是她丈夫。然后肢解，像处理猪肉一样涂抹上油料和盐，放进腌肉的坛子。人在无声中一点点疯狂。要说这小说的惊世之笔是在后来：小儿子在大姑来家吃饭时，忽然热情喊道：那腌的爸爸的肉，该吃了吧？惊煞！现实真是比任何想象力都富于想象。《刘氏女》所做的就是将文字精简成锐利的刀片，冷、生猛、凌厉地划下来。

章是怎样与这些女犯相处10年的？她们人人美艳，个个凶残。她在人生最丰沛的年华，见证了最残酷的梦魇。一个人心里疼痛的地方是不轻易示人的，它留下的印迹会像毒素一样缓缓地释放在小说里，每一个情节都是心灵开放的瞬间。

需要面对饥饿。“胃器官本是个柔软的袋子，一旦没了食物，它就变成两片粗粝的砂纸，互相摩擦，狠狠且无休止。人渐渐心慌无力感觉快要断气，恨不得有人过来一把掐死自己，不是为了结束生命，而是为了结束饥饿。”

需要维护尊严。“女犯们每天收工后，赶紧到伙房排队，为的是打到半盆热水。因为洗脸、擦身、洗脚、洗屁股，全靠这半盆水。犯人端着水盆，把脱下的衣服挂在篱笆墙上，双腿蹲下，用三根手指一点点往身上撩水。就是洗澡了。”“最常见的景观，是你的口鼻正对着别人的屁股。前面的人起身，一不小心，就会把旁边人的脸盆拱翻。那人跟你拼命，即使脱光衣服，也追着打。”

需要排解孤独。“监规里的强制性沉默与间离，使我一下子深刻认识到人的互相依存性。如果用强制手段消灭这种依存性，任何一个人都会陷入深深的痛苦……”

在最黑暗的黑暗里，她们攀比着邪恶。“人进了监狱，都没有良心。”她们相互批判相互揭发，脏话满天相互侮辱；她们瓜分死人的遗物，几个鸡蛋、一块破布，裤子和鞋之类的意外收获，成为她们快乐的来源。

那些往事对她来说确实无法如烟，她的伤口在岁月里慢慢结痂。

她必须把多年以前所吞咽的一整块痛苦化作腐水流淌出来，否则她剩下的除了仇恨还是仇恨，并且还会发酵变异。毕竟，女犯们在时间的洪流中一个个消散，而她还活着，可以倾吐，可以幽怨，可以控诉——她能一次吐干净吗?

她带着刚烈、不驯服、冷和硬，如嶙峋怪石，在新旧年代交接的不平滑处，散发着一股坚硬的冷气。

单就写作而言，以我等的理解，长篇就像婚姻，开始时是冲动，到后来靠的就是意志和信念，还有惯性；中篇是最完整最充沛的一场恋爱，该施展的施展，该放纵的放纵，该收敛的收敛，起承转合，全须全尾；短篇就是一次短暂出轨，需要悬念，猜谜式的探究与推进，还有吸引眼球的炫技。《刘氏女》确实是一个货真价实的中篇。

如果说张柏芝谢霆锋两口子是用生命在演戏，那章诒和她老人家就是用生命在写作了。

章诒和（1942～）：作家、戏曲研究学者。中国民主同盟创办人章伯钧之女。著有《往事并不如烟》、《四手联弹》等。

叶廷芳：解脱原罪

叶廷芳的故事讲到这里已千钧一发——1943年夏的一个黄昏，浙西衢县下叶村的居民全跑进山里去了，因为日军将从金华、龙游一带杀过来，远处的天边已经血红。偏偏父亲对战事的判断却是“龙游炮响，再跑不迟”。顷刻间远处近处全是皮靴和马蹄的声响，还有古怪蛮暴的鸟语。他们全家躲进简陋的小楼二层，将梯子抽了去。13岁的姐姐和15岁的哥哥钻进屋后的谷仓。院门被粗暴地打开。他们几个觉得上牙齿嗒嗒嗒嗒撞击着下牙齿，呼吸急促得像哮喘病人，整个楼板都随着他们的颤抖颤抖起来。那时候他刚刚满6岁，之后的任何一次恐惧也没有超过那一次的剧烈程度。偏偏这个时候，他母亲怀抱里的3岁弟弟因为口鼻处被捂得太紧而踢打哭闹起来！

楼下的鸡鸭飞跳扑腾几下已被拔毛下锅，猪也大吼一声气息断绝。七八个手上沾了血的日本兵紧急烧火做饭居然没时间杀人然后零乱地整队离开，楼上的他们却因为长时间姿势停留在某一个造型上已如雕塑般僵硬……68年后的今天，已成为我国卡夫卡研究权威、中国社会科学院外文所研究员的叶廷芳都无法形容当时经历了一场怎样的噩梦。“也许那是一队过路兵？战争就这样刻在我的骨头上，我在惊惧中开始早熟。”

战争的阴霾尚未退去，命运又跟他开了一个恶意的玩笑：1945年夏，他在一次玩耍中跌伤左臂，却偏偏被一个庸医误治而断失，溃烂了9个月之久。治疗不幸的良药是更大的不幸。在20世纪40年代的中国农村，家族生计比一个孩子的内心感受更为重要，因此一个少年受伤的心被他父亲的暴虐所遮蔽。“我父亲常常瞪大眼睛暴怒起来，骂道：当初你为什么不干脆死掉呢？！”弟兄们也对他呼来喝去似乎成为他的主人。他彻底被孤立了。正如卡夫卡曾经说的，“在自己的家里我比一个陌生人还要陌生。”他从此背负起一生的原罪。

这是不是他与卡夫卡之间心息相通的隐秘通道呢？

叶廷芳在他所撰述的《卡夫卡，现代文学之父》、《现代艺术的探险者》、《现代审美意识的觉醒》等著作中曾这样分析：卡夫卡一生都生活在强大的父亲的阴影中。他父亲对周围的人包括子女动辄破口大骂，并用威胁来强化效果。比如说，“我要把你撕得粉碎！”卡夫卡虽然知道他不会真的那样做，但在头脑中父亲是非常强大的、完全有这个能力。他父亲还喜欢用讥讽实施教育，比如说，“做这事对你要求太高了吧？”脸上带着不怀好意的狞笑。并经常用最后通牒的语气发布命令……这些都使他抵触、厌恶、害怕、不安——卡夫卡在心目中完全把父亲看做一个暴君。他在《致父亲的信》中曾写道，“你坐在靠背椅上统治着世界。只有你的意见是正确的，其他人的意见都是发疯的、不正常的……”

卡夫卡说过，父亲几乎从来没有打过他，可是父亲始终给他的是精神上的巨大折磨。通过他的粗暴专断，他夺去了儿子的自信心，使儿子自己看不起自己，通过他有时的宽容态度，使儿子只能像“乞丐一般地感激他”。

在他看来，从卡夫卡所有的书信、日记和小说中都可以看出，他这个人自尊而敏感，又很脆弱，经常表现出自卑感。重要的是，他时常追究自卑感的起因，处处把问题的根子归结到父亲那儿去……“卡夫卡的孤独感和自卑感之河流的形成过程，也同自然界的河流一样，是许多小溪汇聚而成的。这种负面情绪甚至流露在他对自己作品的认知中。他认为他写的东西，既不是这个，又不是那个，不伦不类，没有价值，所以晚年动了毁稿之念。尽管世人都说他是天才。”

作为一个狂躁而自卑的“疯人”，卡夫卡说过：“我认为，应该只去读那些咬人和刺人的书。如果我们所读的一本书不能一拳打在我们脑门上使我们惊醒，那我们为什么要读它呢？……一本书必须是一把能劈开我们心中冰封的大海的斧子。”

他在研究中提到：一天，卡夫卡和一个朋友在法国画展中看到毕加索的画，那朋友说毕加索是个勇敢的形象扭曲者。卡夫卡说：“我不这么认为。他只是把尚未被我们意识到的畸形形象记录了下来。艺术是一面镜子，它有时像一只‘走在时间前面’的钟。”一种新的审美风尚在没有被普遍接受之前，往往只被少数作家、艺术家首先探悉到，卡夫卡存在这种审美的超前意识。而熟悉卡夫卡的人常感到，在卡夫卡身边待着，会觉得整个世界的色彩都变了。

怪诞在卡夫卡作品中无处不在——《变形记》、《城堡》、《诉讼》、《判决》、《乡村医生》、《在流放地》……怪诞固然是卡夫卡作品的一个重要特征，然而，如果把它们看做他生命之树上的一枚枚果实、一朵朵花，孕育供养它们的显然不是一棵长势均衡、根脉坚实的树。归根结底，这棵树多少有一点病态，有一点变异。

但是至少，自卑总比嫉妒或者邪恶要好。如果说前者提供了由于不断怀疑与否定而丢失自我、超越自我的两个方向的可能性，后者却并不着力于经营自我、提升自我，而是带着暴虐与邪念，吞并与侵犯自身之外的他者。其实质是智力的懒惰和德性的放任。就此而言，上帝给了叶廷芳一次肢体残缺却灵魂完善的机会。

他的自信始于一次反叛。1950年，他父亲强调缺钱不许他上学。“我从来没有向父亲提任何要求的胆量，只得一次次躲到暗处去哭泣。学校已经开课两个星期了，我还照料着两头水牛，尽管当时的学费只有70斤大米。”但是那一次，他断然在一个雪天穿上蓑衣、草鞋，挑着铺盖，跋涉45里进了城，从堂兄那里借了45斤大米，交了学费，“随便他怎么惩罚我吧！”

在中学期间，他的成绩名列榜首。他学着用一只手把蛇皮做成胡琴。他编鱼篓打鱼，学会用尺画线制图、描五线谱，用刻刀“剪窗花”。他画巨幅地图，被地理老师用做教学挂图。他一边否定一边肯定，一边犹疑一边进益。他晨跑、冷水洗浴、骑车、游泳、歌咏，做正常人所能做的一切。在1956年考取北大西语系之前，他的心已活泛起来做好了飞升的准备。他感觉自己置之死地而后生。

大学毕业后叶廷芳先是在北大任教，继而又考取了时任北大西语系主任冯至先生的研究生，命运多舛的他又因患病中止了学业。1964年，随转任中国科学院外国文学研究所所长的冯至调到外文所从事德语文学研究工作。但政治运动随之而来，使叶廷芳的研究工作中断了整整10年。外国文学同时也成了没人敢摸的禁区。1970～1972年，叶廷芳和外文所的其他教授、研究员一起，被下放到河南息县的社科院“五七”干校，接受劳动改造。改革开放初期，他获得赴德进修的机会，却因当时国内人们对残疾人的偏见，未能成行。此事引起钱钟书先生的不平，冯至先生赞同钱先生的意见，这才使叶廷芳得到了出国考察的机会。

1972年，叶廷芳在中国书店淘旧书时发现了德文版《卡夫卡选集》，从而开始了对这位西方现代文学之父的研究，此后一以贯之三十多年。先后出版了数部学术专著、论文近百篇，以及《卡夫卡全集》等编著、译著近20部。同时，他又开始了对另一位重要德语作家——德国当代著名剧作家迪伦马特的研究。1986年，由他翻译的迪伦马特的代表性剧作《物理学家》被搬上北京的戏剧舞台。2008年他获得欧洲名校苏黎世大学授予的“荣誉博士”学衔，这是德语国家最高的学术荣誉。最近他又获得国际歌德学会授予的“荣誉会员”殊荣。可以说，在中国，他引领着卡夫卡研究走向显学。

叶廷芳（1936～）：翻译家、卡夫卡研究学者。上世纪80年代最早将卡夫卡译介到中国。著有《现代艺术的探险者》、《卡夫卡，现代文学之父》、《现代审美意识的觉醒》等。

周海婴：走出历史的暗室

据说字迹是一个人的心理图解，那么绘画与摄影之作尤是。它们的构架格局，疏密比例，扩张与收敛的势态，怒张的冲击力与言浅旨远的含蓄底调，以及与周边的关系处理，都可以理解为一种暗示。而摄影，如在激流中截流，有更大的随机性——正像一棵树，叶片连结了枝蔓，枝蔓连结了枝条，枝条连结了枝干，许多根线条形成一个走势，也通往一种解释。

近由广西师范大学出版社出版的《历史的暗室·周海婴早期摄影集》中呈现了意味丰富的画面意象。周海婴之子周令飞说，在父亲拍摄的两万余张照片中，画面的90%都是有人物的。用艺术批评家朱其的话说，他也拍摄了一些空镜头的景观。有些是非常冷僻的角落，比如音乐堂的门口一个人也没有，或者一个院子的角落，或者有些水泥墩子叠在一起。他关注人们密集的视点的盲区。并且“在大风景和大场景中，角落里通常会有一个人”。

作为鲁迅的儿子，周海婴大半生都扮演着一个民族精神旗手之子的角色。也因此在公众的眼中成为伟大父亲的影子。他大半生都生活在一种家族荣誉的心理负重中。他曾说，“我生活中的每一天都是与我父亲联系在一起的。”——这固然是光荣的，耀眼的，名垂青史的，但也是多么沉重的一件事。

周海婴出生于1929年。鲁迅为之取名“海婴”，意即“上海出生的孩子”。1936年鲁迅逝世时，他7岁，实际上对父亲没有什么深刻的记忆。他大多数时候是从一个民族的宏大传说中认识父亲的。

他当然也得到了父爱。许广平著的手稿本《鲁迅回忆录》中提到一个细节：那时他们家里用了一个善良纯朴的老女工，鲁迅要孩子叫她姆妈，从不许直呼其名。每逢吃饭，她都来到鲁迅书房做清洁或者带小孩玩耍。“有一次，她和海婴在三楼阳台上一页页吹纸片，说是放鸢。孩子看到纸片上下飞舞，高兴极了。我们不看犹可，一看，却是鲁迅书架内的一本书被撕去大半本……因为她是文盲，不懂得鲁迅嗜书如命的脾气，只图博得小孩子欢喜……但鲁迅并没有责备。”周海婴自己也表示，他看到父亲的遗物，如信件，那里面提到了自己，他能感到父亲对他的喜爱。

但是特殊的家庭背景，终使他待人处事如履薄冰。他回忆在北大物理系读书时，同学们打桥牌、跳交谊舞。他出于好奇，偶尔走去观看，就有人在背后指指点点，说“鲁迅的儿子不好好读书，只知道打牌跳舞”。他一直被公众期待“应该怎样怎样”，他的生活牢牢地“被这个‘人场’控制着”。

他承认长年为身名所累，并说：“我小时候，一直到中学，都尽量不用周海婴这个名字。因为觉得大家总是把我想成他们所希望的一个周海婴形象。在众人眼中，周海婴应该文笔很好。这个塑造对我来说是非常难受的。”他有时候会冷不丁地说一句，“我就是个道具”。他期待靠自己力所能及的工作成绩，去赢得社会的承认，或者摄影本身是他心灵的梦游。其实他的公共角色背后有一个巨大的精神暗室。

周海婴说自己出生100天便被父亲抱去照相馆照相。“自儿时起我对照相并不陌生，甚至有莫名的新奇和亲切感。在镜头前我收敛调皮变成乖乖儿。我10岁便拿起相机记录人生。”“1936年秋末，父亲过世。母亲身体状况不好。一位姓蔡的阿姨建议母亲去杭州休养。蔡阿姨有一只黑色小型相机，不时拍些风景。很快，她看出我对相机的好奇，经不住我左缠右磨，允许我按了几次快门。这一年算是我摄影的开端。”

三四十年代，照相机、底片价格的昂贵是今人无法想象的。“1943年，母亲比较富裕的朋友借给她一只小方木匣镜箱，我从此开始摄影。1944年我积攒下来的零花钱和压岁钱合在一起，买了二手相机。德国高档相机买不起，日本仿制品可以承受。”

他1952年入北京大学物理系学习无线电专业成为一名无线电专家，后在广电部从事广播电视规划工作，曾著有《鲁迅与我七十年》等书，并为《鲁迅回忆录》一书担任主编。

但作为摄影家的他，似乎没有自信将这批照片示于公众，也不能确认这就是艺术。他对自己总是半信半疑。与摄影为伴的70年，他似乎总有拿着相机拍照的渴望，拍过的底片竟有数万张。在他80岁的时候，他用了整整一年时间整理过去的所有底片，相信它们还有历史人文价值。陈丹青说他“斯文谦和，老牌上海文人。随口说几句自贬的玩笑。小时候，上海中产阶层的父辈对孩子，常是这种男性的蔼然和大气”。确是活画。

但在他的摄影中，他是活泛的、不受限制的、自由的。他的镜头里，可以看见20世纪50年代上海殷实人家的私家车库，坐在房顶上反叛的青春女孩，吹哨子的儿童，熟食小贩，修鞋修锁的匠人，还有点心摊子，街角游荡的乞丐，以及1949年上海私人诊所里打针的旗袍女孩。

他的视野中，有新式婚礼，有商人、淑女，如正在缝纫的邻家女，游黄浦江的青年人，三轮车上的烫发妇女。到了1950年以后，他的画面基本与国家建设、社会风尚相关。空竹摊子、抖空竹、举重的青年，里弄健美明星还有标语口号等等。他在画面中透露了他自己——机智而活泛的，敏锐的，对自己多少有些犹疑和不确定，但在自谦中也有明确的坚持。

他拍摄的动因显然不是技术原因，他对人的生命感觉很有反应。就如文学、建筑与舞蹈一样，它们的互通之处就是对于生命感觉的反应。如果没有一个形而上的存在在关照，那些艺术形式的堆积往往就是负担或者垃圾。

有人质疑它们究竟有什么价值？如果我们狂奔在路上，那路边的树又有什么价值？对每一个疾驰在生命路途中的人来说，这个世界就是路边的那些迅速一晃而过的树。平庸的树会成为被速度拉直的横线条，好的树会留下印记。

周海婴（1929～2011）：无线电专家、鲁迅之子。1952～1960年在北京大学物理系无线电专业学习。1960年起在国家广电总局工作。另任中国鲁迅研究会名誉会长，北京鲁迅纪念馆馆长。

罗孚：香港师爷

《让子弹飞》里，硬汉匪首张麻子（姜文饰）身边，搭配了柔若无骨的师爷（葛优饰）——奉献了夫人，仍然含恨忍怨，坚持合作。于是刚柔相济，形成乱世中的友谊。后来师爷遭了伏击，奄奄一息道：屁股疼。张麻子往树上一望，粗糙安慰道：屁股已经炸飞到天上，你有话就说吧。男人间的生死交情到达巅峰。刚柔配，强韧搭，戏外亦然。刘嘉玲说：姜文很爷们儿，葛优很温很温。可以想见，他们两位合作的持续性和稳固性。并且，你看现世身边的小团队格局，无不循此性格配比，这是生存的科学必然。

推而广之，戏场文苑，古往今来，那些狂花怒放的才子学人身边，也必定有一个圆熟通达的幕后推手：性情温良，兼顾左右，拿捏轻重，八面来风，总能辗转腾挪出一个时代的天翻地覆。他们却潜伏于正史的幕后，声名流传于坊间，鲜为人知，像是遮蔽于焰火之光芒下的夜幕底色。

罗孚的角色，就是上世纪中期香港文化的师爷。活到了90岁，终于风华正茂，水落石出。

罗孚其实是一位报人。1941年起，先后在桂林、重庆、香港三地的《大公报》41年，直至任香港《大公报》副总编辑和香港《新晚报》总编辑。人称香港文学界的伯乐，梁羽生、金庸的催生婆，首版聂绀弩诗集《三草》，撰文《你一定要看董桥》——据说仅这几项，就令他功抵三城。至于品评曹聚仁、叶灵凤、周作人、章士钊，引见三苏、林燕妮、西西、钟晓阳等，就不在话下了。

看文人先看热闹，后看品质。但凡人和人打交道，总可以衍化出无尽的命运机缘。势态像围棋上摆布的几颗棋子：初看时漫不经心，煞尾时却命运攸关。

梁羽生第一部武侠是《龙虎斗京华》。1954年，香港有一场著名的拳师比武，以太极派打得白鹤派鼻子流血而告终。这一打，打出了50年代开风气先、直到80年代流风不绝的新派武侠。香港《新晚报》在第三天连载了梁羽生的《龙虎斗京华》，可谓说时迟，那时快！梁羽生在《罗孚文集·香港人和事》之《金应熙的博学与迷惘》一文中说道："我写了30年武侠小说，近因是由于罗孚的催生，远因则是金应熙的影响。"

其时，金庸在《大公报》用姚馥兰（your friend谐音）的笔名写影话，用林欢笔名写电影剧本——长城公主夏梦主演的《绝代佳人》就是由林欢编剧——但似乎都找不到感觉。他甚至一度对芭蕾有兴趣，有一段时间还学过芭蕾。简直不能想象，一次报馆的文艺演出中，他居然穿上工人服，独跳芭蕾舞。迷乱命运的转弯，也就是不经意的一瞬。梁羽生的《新晚报》专栏需要有人接任，前因后果，遂被罗孚所鼓励而举荐，转而武侠，一发不可收。1959年，用武侠稿费和剧本收入开办《明报》，此是后话。而其起始，罗孚功不可没。

罗孚说，“金梁并称，一时瑜亮。也有人认为金庸后来居上。”指的就是这一段。

后来，有人曾写过一篇《金庸梁羽生合论》，分析两人异同。说梁羽生是名士味甚浓（中国式）的，而金庸是现代的洋才子。梁羽生受中国传统文化——包括诗词、小说、历史等影响较深，而金庸接受西方文艺——包括电影——的影响较重。这篇文章用佟硕之的笔名，发表于1966年的香港《海光文艺》上，其实即是梁羽生自己。当时罗孚正办这本月刊。梁羽生不愿别人知道文章是他写的，就要约稿的罗孚出面认账，承认是作者。后来把《合论》一再说是罗孚所作。再后来罗孚也约金庸写一篇，但金庸婉拒。

他推崇聂绀弩，聂绀弩在抗战时期的桂林，他的《论申公豹》勾画反动派：“他的头是向后的，以背为胸，以后为前，眼睛和脚趾各朝着相反的方向，他永远不能前进，一开步就是后退，或者说，永远不能瞻望未来，看见的总是过去。”聂绀弩有一次进中南海下棋，把等候在外的司机忘了，司机终于在深夜自行驾车离去。聂绀弩的诗作终于在半个多世纪后的当今，成为一代人的心灵史。

上世纪50年代至80年代，内陆文化动荡，可谓刀斧沟壑，相较而下，香港无非杯水风波。这样平淡的命运，除了白领财经，简直没的可写。罗孚的文字——《风雷集》（1957年）、《西窗小品》（1965年）、《繁花集》（1972年）不遗余力地为主旋律讴歌，似乎还有那么点风花雪月。有人称他是香港左派文化阵营中的一支健笔，他说："四十多年来我写了不少假话、错话，铁案如山，无地自容。"萧乾评论他说："这是巴金《真话集》问世以来，我第二次见识这样的勇气，这样的良知，这样的自我揭露。"

1989年12月，罗孚在《读书》杂志发表《你一定要看董桥》。内陆读者第一次读到董桥的《中年是下午茶》："中年是只会感慨不会感动的年龄，是只有哀愁没有愤怒的年龄。中年是杂念越想越长，文章越写越短的年龄。中年是一次毫无期待心情的约会。中年是搅一杯往事、切一块乡愁、榨几滴希望的下午……"

"董桥说，王国维的三段境界论给人抄滥了，他要抄毛泽东三段词谈境界——'此行何去，赣江风雪弥漫处，命令昨颁，十万工农下吉安。'此第一境也。'四海翻腾云水怒，五洲震荡风雷激。要扫除一切害人虫，全无敌。'此第二境也。'往事越千年，魏武挥鞭，东临碣石有遗篇。萧瑟秋风今又是，换了人间。'此第三境也。"他的评介，句句都着了精要。

他在《你一定要读董桥》中极力推崇《在马克思的胡须丛中和胡须丛外》一文。董桥原文这样说："读马克思主义的著作，以为认识了当年在伦敦住了很久的马克思，写下不少读书笔记。却发现认识的原来不是马克思其人，而是马克思的胡须。胡须很浓，人在胡须中，看到的一切自然不很清楚，结果写了五万字就不再往下写了。后来写别的东西，人已不在胡须丛中，眼力却依是不能复原，看人看事还是不很清楚。笔下写些马克思学说以外的文章，观点仍然多少跟马克思主义纠缠，就算偶有新局，到底不成气象。幸好马克思这个人实在不那么马克思，一生相当善感，既不一味沉迷磅礴的革命风情，又很懂得体贴小资产阶级的趣味，旅行，藏书，念诗，比较清淡的事情他都喜欢……”罗孚就此评价道：“因此这本集子借他的胡须分为丛中与丛外，你说董桥野不野？”

自上世纪80年代以来，内陆与香港文化交流，往来频繁，但差异巨大。改革开放30年，内陆各路风潮，风云际会，大转型大发展是主调。人们疯跑着一面一面看下去，看到的都是蒸蒸日上的大工地。城市刚刚形成发展的态势，如一只猛兽疯狂之前的静默。香港早先一步走向了城市文明。当年，以我等办公室民工的眼光，看那些白面油头的香港文化人，戴个围巾，吃着牛油小饼干，下午晒晒太阳，还在挑剔咖啡出自南美还是北欧，觉得真是无事生非。现在看来，比起那些内陆附庸风雅的伪文化人戴个围巾，吃着牛油小饼干，下午晒着太阳，还在挑剔咖啡的出处，似乎更可以原谅。罗孚则属于穿梭于两个群落之间的两栖文人。

1982年始，罗孚蛰居北京10年，笔名柳苏。1992年，他再回香港，岛居日久。他交游甚广，与沈从文、夏衍、冰心、启功结为忘年交。与黄苗子、郁风、丁聪、杨宪益、戴乃迭、范用诗词歌赋，唱和作答。一生过自在生活。文化是什么呢?它是活着，和活着的花样。也是认知世界的途径，和对这个途径自圆其说的解释。因为他的自在，聂绀弩诗称他是“我行我素我罗孚”。

罗孚（1921～）：报人、作家。笔名柳苏、文丝等。上世纪40年代起，先后在桂林、重庆、香港三地《大公报》工作。曾任香港《新晚报》总编辑。著有《香港，香港》、《南斗文星高》等。编有《聂绀弩诗全编》、《香港的人和事》等。

王朔：英雄与流氓都在慢慢变老

英雄和流氓都在变老，但我还零星记得多年以前他们隐在书后坏笑的样子。

上个世纪80年代末期，北京的小区里火柴盒似的楼房一座挨一座，全部是灰蒙蒙的，仅有的绿意是楼前的草坪。草坪上总有打羽毛球的半大孩子。从他们的角度仰头看天，或许可以看见二楼阳台上晾干的大花裤衩，还有我的涂着紫药水的膝盖。因为暑假总去游泳，腿晒得特别黑。那阵子作为一个17岁的好学生面对世情的全部挑战，就是沉浸于《动物凶猛》的情节："在派出所的四合院里我们被关进了三间通厦的北房里，一个个被命令在地下蹲着面朝墙，不许说话。我们低着头互相瞅着悄悄笑。有人放了一个屁，屋里响起一片低低的笑声……我听门口一个女民警恶声恶气地骂：臭德性！还涂口红呢……

"他们简单搜查了我们的身上，然后让我们解下鞋带和裤腰带，由两个民兵把我们解往东风市场派出所。我们提着裤子趿着鞋，像一队俘虏被押着穿过熙熙攘攘的王府井大街，很多成年人驻步好奇地看我们……我哭了，一进民警办公室，看见那个民警在摆弄一副锃亮的手铐就给吓哭了。我一哭，使那个民警很反感，说就你那样儿还打算在王府井一带称王称霸呢？去去，擤擤鼻涕走吧。

“这时我才发现于北蓓手里拿着一管口红，她本来准备涂得厚厚的，给我脸上盖个清楚的章，正涂了一半……她的双唇相当真实地留在我的脸颊上，我感觉我的右脸被她那一吻感染了，肿得很高，沉甸甸的颇具分量。这是猝不及防的有力一击。那天下午我一直晕乎乎的，思维混乱，语无伦次。但就在那种情形下，我仍小心翼翼地保持着分寸，不使别人看出我心情的激动，如同一个醉酒的人更坚定地提醒自己保持理智。我以一种超乎众人之上的无耻劲头议论这一吻，似乎每天都有一个姑娘吻我，而我对此早就习以为常。他们仍旧嘲笑我，说我看于北蓓的眼睛都直了，说我爱上她了。于北蓓也走上前盯着我的眼睛问是么？”

它真像中国版的《美国往事》。或者说，世界上的少年人都是同一族类。但是当时——上世纪80年代的中国，我们还在为穿不穿紫色的风衣而和父母争执不休，还在为去不去紫竹院的英语角而犹豫不决，还在为唱卡朋特的《世界之巅》或者《世界末日》而偷笑与兴奋，还在半遮半掩地在英文口语的名义下，递进社交，愉悦生活。我们的思想中被深刻地打上了精神的暗格。那些好与坏的秩序与生俱来，天经地义。在学校的报栏里常见一幅广告画：两个男女青年侧面重叠着，同时望着高于水平的前方，满心的理想抱负。我们也常常被暗示着，其中一个人就是我，高傲、自负、幸运，有着无限的未来。

这样看来，那些抽烟、打架、招惹女孩、四处游荡的少年人无疑是一帮坏孩子，大逆不道，离经叛道，在我们所接受的教育里无处归属，出位、另类而荒唐。但是很奇怪的，青春的本能却仿佛是有嗅觉的，可以准确地辨认出他们即是我们，我们也是他们。那些没有雕饰过的青春，浑不正经又天真可爱。我们仿佛无意间找到一种颠覆规矩的活的依据。这种力量漫不经心又排山倒海，足可以悄无生息地把我们的暗格模糊和拆解。人仿佛能量充实，五脏六腑也变换了全新的格式，乃至重新创了世纪，四边的参照系也逐渐地改观了。

《一半是火焰，一半是海水》、《橡皮人》、《顽主》、《许爷》、《浮出海面》、《玩的就是心跳》是陆陆续续看的。我至今记得《许爷》，“许爷”在暗夜里，从高台跳水板上直跳下来，摔死在水泥台底下的声响。也记得《一半是火焰，一半是海水》里吴迪含情脉脉地对流氓方言说：“我还没有爱上你”……“她真的是第一次。我听到一声啜泣，房间一片漆黑，什么也看不见，我已经感觉有点不对头了。我摸她的脸，摸到一脸泪水。”

我也记得1988年和几个朋友在西单电影院看电影《轮回》。电影里有许多沉默，但沉默有时候是具有煽动性的。男主演大概叫雷汉。我喜欢他那副打扮：大皮鞋底上有很厚的锯齿，穿一条有很多口袋的军绿裤子，大大咧咧地踢了踢路上的土块，走路的时候肩膀晃得厉害，眯着眼睛一副坏样子。以至于多年以后看到这类男性就认同为少年时代熟悉的伙伴。当时也喜欢女主演谭晓燕的白衬衫和牛仔裙，此后疯狂地四处买了很多条、很多年。

20年之后我见到王朔老师，显然他与多年以前隐在书后的想象完全的不一样。而他的人生阅历也早已经离开那个离经叛道的场域，只是依然带着反骨和浑身的芒刺。他的世界似乎照样怪诞和离奇而在世人的想象之外。1999年，王朔和叶大鹰合开“文化在中国”网站，办公室设在亮马河大厦，后来搬到盈科中心。网站楼下就是藏库酒吧。工作之余经常找媒体人去那里坐坐。记得王朔老师已经一反以前紧实的战斗风范，有了江山美人亦如何的松懈感和厌倦感。他当时得痛风，每次都不多吃。按他的话说：“我不能再胖了，再胖就真成一胖子了。”

那阵子“文化在中国”公司同仁及周边文艺人士来来往往，有一个绝色杭州美女叫马晴的，后来也不知去向了。还有一位名季景姝的美女精英，当时是网站的COO，我们当时相当要好的，后来据说是去了澳大利亚。多年后我在某电视节目中还见过她。此外，还有一批江湖写手和画家、演员出没。这对我们来说更如一群鸟一样是不确定群体，也有艾未未等民间文化英雄——总之说好听了就是法国的左岸，说不好听就是乌合之众——经常聚合一起神游仙饮。王叶自然是山大王，乐不可支。有一次，不知是谁倡导大家每个人说一段恋爱故事。有一个女孩说爱上一个大她20岁的男人又追随他出国的惊心动魄种种，另有隐私床事若干。我们听了柔肠百转。王老师光着眼睛道："是啊，又怎么了?!"马上就要爆粗口骂人的样子。我觉得他的喜怒哀乐如乒乓球打在凸凹不平的墙上一般角度不确定地乱飞。跟他对话似乎不需要积学也不需要生活经验，甚至不需要超凡脱俗或异类，他不缺这个，他什么都不缺。他只需要有趣，以及掺于它们其中的正常态。

在这些谈话之余大家也大谈文学艺术，且偶有精辟之语。我记得王朔老师曾说，"男性写东西，往大了写，因为世界是无限的；女性写东西，往细微处写，无限小也是无限的，所以容易写进去出不来。"他也说过，"读者和作者之间永远存在着误会，那就让他们误会着吧。""一个人和另一个人之间也永远存在着误会。现实生活永远比想象丰富得多。"

他当时就很喜欢茨威格。《一个女人一生中的二十四小时》、《一个陌生女人的来信》，都是他常常说起的。有一次，他还把一套茨威格的书拿到公司借给我看，以换走我的一套1987版的淡绿皮的人民文学版的《中国现当代文学史》。他说他喜欢出风头。按他的话说，"在舞台上聚光灯越亮，哥们儿越精神。你们挨骂，被说两句就急了，我一点不急，我高兴。"——他的文学观和世界观似乎永远把自我和世界隔绝开来。我是我，世界是世界。我偶尔进犯世界，而世界无奈我何。

对于女性，王朔老师并不下作。相反倒显得非常持重。

2000年一席人包括陈染、阎连科、徐小斌、林白等去云南采风，陈染、王朔先回京。他到机场打车先把她送回家。他其实很绅士的。记得王朔老师说过，看一个女孩有没有趣，得看她是不是接得上你的话。你骂她两句她就脸通红没词了，就很没劲了。但是他对于女性说话显然是有杀伤力的。有一次几个人说起一个女作家，我们都说她“劲儿劲儿的”。王朔笑道，“嗨，反正就是自个儿宠着自个儿呗。”但是，他很快解释了他的战斗原则：“我从来是一个人对一帮人，不对一个人。”下作的人和事，他似乎是很不屑的。他带着某一种优越感称那些人：“从小儿受苦来的。”

他当然是自负的。他身上还保留着部队大院那帮人的姿态，站立的时候很直，不松松垮垮，但走起路来很浪荡，似乎总有一种天生的傲慢。那次去云南采风启程时在北京首都机场，他拖着一个行李，手上一样东西没有，而且到得比其他人都早。他说他喜欢70年代以前的人，那时候的人“都茁壮和漂亮”。尽管新世纪的青年人说起王朔这个名字，似乎跟说起崔健和金斯堡一样时髦。但是他的精神似乎一直活在改革开放初期，并没有与时俱进。

那次采风，南航飞往昆明的飞机因为风大，起伏颠簸得厉害。林白平常就是晕车的，脸色苍白，一言不发。我是组织者。王朔老师回头严肃道，“以后去哪儿，都得买国航的飞机！”后来他写文章描述这次颠簸叫做“好像被人放了一遍风筝”。那次在云南大家玩疯了。他被一个叫做菊花的旅游女局长陪着。那天他喝多了。由当地的两个人架了，一步一趟，结果在路边当众解扣撒尿。

云南方面安排一个文化节的开幕式，许多省里面的领导坐在主席台上，他们把王朔老师也安排在主席台，旁边是省委常委们。这真是一个滑稽的场面。陈染等在后排为他难过而纠结。但是，王朔老师对此并没有发作。他只在后来写的文章里悲哀道："我来是为了让他们高兴，可谁让我自个儿高兴了？"所以，别以为流氓个个都是铁打的，他们的诚信感有时比君子更甚。

十几年前王叶两位就已感慨自己老了。当时我写过一篇《北京断章》中有许多童年的北京记忆。"怎么连徐虹这么大的孩子都开始回忆了！"他们很惊诧，而我则笑不可抑。

直到新世纪的这些年，世界似乎以鸟巢为北京的地标了。但是中国人还是认老祖宗留下来的天安门。（如果以天安门为圆心，北京的建筑交通结构，正像一块巨石落水后的涟漪，慢慢地向四边拓展。）时隔二十多年，但我仍记得那次看完电影《轮回》后，朋友们居然爬上一座大商场的楼顶。风很大，只有绿漆剥落的简陋围栏。我们疯跑着一面一面看下去，看到了蒸蒸日上的大工地。这一座城市刚刚形成发展的态势，如一只猛兽疯狂之前的静默。风不知道朝哪一个方向吹，我们头发纷乱，风衣几乎被整个掀起来。现在回想起来，那些笑声很有些凄厉的意味……时间迅速地往前走了。现在，就连我们也逐渐老成，体面，安稳，心有所属。那些英雄、流氓以及他们的缔造者们，正在慢慢老去。

王朔：最有争议的当代作家。“痞子文学”代表人物。著有《一半是火焰，一半是海水》、《玩的就是心跳》等。上世纪80年代参与编剧的《渴望》、《编辑部的故事》家喻户晓。

刘索拉：流浪者

心理学家手上摆弄一只白色瓷杯子，正面，水平，示例人们看问题角度不同：看它的一面，右边一个把；看另一面，左边一个把；从遮挡把的一方看，就是一只白碗；从有把的一方看，就是中央有个垂直痕迹的白碗。有人会超常规，比如从上方看，就是一个平面圆；从底部看，就是一个平面叠加圆。迷恋着“迷恋”这个词的刘索拉如果看这个杯子会怎么样？或许，她会将它对着光，看到它居然是通透而惊人的橘红色；或者把它放到琥珀色的鱼缸里，看它在瞬间呈现不同角度、不同弧线的沉落；或者砸碎了看，每一个碎片的轮廓都呈白色的不规则；凭她，就是把它们一片片扔到不同质地的盘子里听坠落时的声响也说不准。

得出这个印象是因为她的小说《迷恋·咒》。《迷恋·咒》描述了上世纪90年代的曼哈顿，以及这个充满噪音的城市里几个音乐人的荒诞生活，主要是音音和艾德进入婚姻之前的阴差阳错。可以这样理解：曼哈顿的花样生活就是刘索拉的白色瓷杯子，被她正面侧面上面下面、掰开了揉碎了变着花样别出心裁地观摩探究，并且按照自己的意思毁掉，看它的碎片。她大张旗鼓地，将生活原料经过了艺术化的处理——人物经过了心象的过滤，情节经过了涂抹和变异，有点失常，有点荒谬，有点疯魔，有点离奇，有点不合常理。而她的核心是……其实她的小说正如她的蓝调音乐一样没有核心，在音阶中多是4和7，大规模的不谐和音与不稳定音，破解了正常的节拍，上升和下滑都没有逻辑，只有跳跃、大胆、生猛和肆意妄为。

她的80年代的中篇《你别无选择》里有一个经典情节：音乐学院楼道里那些学生乱七八糟地唱着不稳定的4或者7，令教授忍无可忍，探出头大喝一声“1——”，总算终结了乱局。读《迷恋·咒》的大体感觉，就像时时被淹没在4或者7里，总想忍不住仰头，在溺水之前拼了命呼吸。

且看书中主人公自白。音音，钢琴演奏家：“你能想象所有和一个美丽男人约会的乐趣和结局，但是你没法想象和一个美丽女人的最初相识会有什么样的结果”；艾德，混血儿，热爱哲学与乐评：“如果愚蠢的女人缠绵于情话，那么就让她们死于情话吧”；婵，法国来的中国歌手，身穿大红大黑装束：“把诅咒放进安静的声音里，面对生活，鞠着躬，举起刀”；还有忘了什么身份的塞澳：“生命本来是多么美好轻松的事情，永远陷入新迷恋”——明白刘索拉多么不讲理了吧。她笔下的人物对话全像梦呓，并且断断续续，状态是喝了酒或者毒药之后的痴迷。可她老先生在序中这样说：这是一个瞎编的故事。能读出一二者，恭喜。读不出一二者，恕我献上一段美国喜剧片的台词把你再绕糊涂点——我不知道我是个什么鸟人但我通过扮演个什么鸟人来假装知道我是个什么鸟人。

她解释说，人性中情感的正常循环必须有一个出口。音乐中的不谐和音的表达其实是感情的出口。因为，你知道吗，永远的平静与谐和可以给一个人的性格带来严重的伤害！有多少人内心是完全平衡的？基本没有；有多少人正常发泄自己的情绪？也为数很少。

音乐人读她的小说，或者小说人听她的音乐，是最适合的。因为她的才华，或者叫做创新，或者叫做肆意妄为，会大力搅动这两个领域，并且把传统规则颠覆掉。

为了抵抗她的侵袭，不妨再听听她自己的注解：我的确是通过对不同音乐风格的迷恋，才明白了西方现代知识分子常常用的词：fascination ——迷恋。迷恋必须是忘我的，和功利无关。用我自己的经验来解释，用古典音乐写作，如同领你到一个精致的皇宫；用现代音乐写作，你迷恋于逻辑思维的自由，以为自己是思想家；用蓝调方法生活，你永远处于优美的忧伤中，使一切欢笑变成泪水；用爵士乐思维，你享受着种种跟着音乐飞翔的瞬间高潮，世间的所有束缚弹指顿逝。更别说进入到一个最high的音乐俱乐部中，灵魂登时出窍……如上即是贯穿她文艺作品中的形而上。

刘索拉有能力把一棵普通的树，经她的妖风一吹，变做一场魔幻——叶片一半是暗色的金，一半是白色的银，细枝末节全在颤动。随着风大风小，它忽然放开又忽然收拢，一番天翻地覆的舞蹈。而那些我们所熟知的、被固化了的文艺规则，不过是多年以来流传的积习，由一些不知姓名的人发明、修订和完善。他们陆续死了，凭什么尊崇着他们的意志过下去？！她选择了逃离。逃离一种传统，去往另一个所在。在找到和创立新的框架之前，她必须作如上慌乱的探索。她是一个从传统文化逃离出来、还未找到安居之所的流浪者。

刘索拉：音乐人、作家。其中篇小说《你别无选择》是我国新时期先锋派小说代表作之一。其小说多以音乐界生活为素材，笔下多为精神贵族或迷惘一代。

董桥：慢慢变老

董桥先生在《青玉案》序言里说他是抗日婴儿，生下来逃难不停，6岁时才背得出“床前明月光”。真令人万幸孩子没有生在动荡年代——现在我家小女两岁，已被无所不在的现代教育浸染，会先跟天空招呼背“白日依山尽”，再抚摸虚构的流水背“黄河入海流”，非常的超现实。

然后他骄傲地说，今年68，猎书猎字猎句猎了大半辈子，前几日偶然猎得英国诗人丁尼生（1809~1892）的几页旧信，高兴得两眼泛泪。他多年前在伦敦买到第一本狄更斯残破的初版时，也兴奋得想哭。据说他小时候算过命，一生靠字靠书，因此拼命看书玩书，并且玩得贵族高雅优越且韵致，并且永远玩不厌——比如，乔伊斯《尤利西斯》1930年版，是水蓝封面反白字，英国书商给他专门做个布面书盒送来，“妥当极了”；再比如，劳伦斯《查泰莱夫人的情人》1928年版，劳伦斯的签名也供养在后配的书盒里。关于藏书的奢侈腐败，他必须列举这个故事：毛姆家藏书又多又体面，毛姆大师坐在书房里抽着雪茄说他看书累了，但远远瞄着一排书脊偷笑：都安好，心里踏实啊。

有钱有闲有文化有境界的舒适感，如水如酒如咖啡，浸透在《青玉案》、《记得》、《从前》、《这一代的事》里。在北京这个集中了资产阶级、小资产阶级、无产阶级和流氓无产者以及奋斗青年的拥挤倾轧的大都会里，发展才是硬道理，奋斗才是主旋律。这样的清淡文字，简直不近情理！它实在美得遥远，妙得飘渺，柔软到瘫痪，惊艳到窒息——他说张太太的面条做得好，唐山煮法、意大利煮法、南洋煮法，等等；又说饭后喝香浓的咖啡、吃三款鲜艳的南洋甜点；还有老木雕，还有明清木，还有“流年似水，沧桑如梦，静夜灯下追忆往事”，还有“足音、轻唤、古槐，一壶龙井，半扇竹门，闲步风尘、相逢话旧”，让人不禁想起餐花饮露，神仙眷属，仙风道骨，百年孤独。

还没完哪——还有98岁张充和先生的赠书、101岁杨绛先生的来信。还有梁启超的遗墨、王世襄的玉钗葫芦、徐志摩的旧藏、林青霞的新书，每天都有“小儿得饼之乐”。那些上个世纪的事，粉的粉，蓝的蓝，鲜嫩而精致，比女人还娇，比历史还长。

从上世纪80年代末“你一定要读董桥”，到90年代“你不一定要读董桥”，再到新世纪“你一定不要读董桥”，已经过了20年。董桥出书20本。那些最新鲜的锐气，似乎渐渐凋亡到流年中，消耗到岁月里。不要提他的《中年是下午茶》，“精子太忙，脑子太闲”，“只会感慨不会感动，只有哀愁没有愤怒”，“搅一杯往事、切一块乡愁、榨几滴希望”，当年他《在马克思的胡须丛中和胡须丛外》一文中这样说：“读马克思主义的著作，以为认识了当年在伦敦住了很久的马克思，却发现认识的原来不是马克思其人，而是马克思的胡须。胡须很浓，人在胡须中，看到的一切自然不很清楚……幸好马克思这个人不那么马克思，一生相当善感，既不一味沉迷磅礴的革命风情，倒很懂得体贴小资产阶级的趣味，旅行，藏书，念诗等比较清淡的事情他都喜欢……”

作家冯唐的评价过于不客气了。他说，董桥的文字也有如下午点心：吃一口，有滋味；吃几口，倒胃口。其实，连成龙都老成那样了，李连杰都德高望重了，崔健都不唱了，王朔也发胖了，王小波也逝去了，当年心智健硕的文化人，改行的改行，从官的从官，流俗的流俗，发狂的发狂，被经济大砖头打了个落花流水，个个都像被掷了几圈的麻将骰子——英雄和流氓都在慢慢变老，凭什么要求董桥先生的文字充满力度呢。

张爱玲在建国后参加过第一届文代会就远赴香港。在香港、美国的那些日子，除了些孤寂，再没有更多的苦难可以书写。所以她也只有《秧歌》这样的“争议作品”，比起她以前的《十八春》、《沉香屑》真是差得远。而内陆可是有陈忠实脸上那道深刻沟壑一般的、带血掺泪的《白鹿原》哪！大风大浪大转弯，文字才过瘾带劲，也训练了刺激的阅读口吻。生活中除了乡愁回忆，就是美食山水、古玩字画，那些文字的审美性、愉悦性、纯粹性、超越性、万能性，真的好。只是它与现实不相关：隔，远，风过耳，带着不着边际的凄婉。

董桥（1942～）：作家、收藏家。曾任《明报月刊》总编辑、《苹果日报》社长。上世纪80年代以《中年是下午茶》风靡内陆。近著有《青玉案》、《记得》、《这一代的事》等。

崔卫平：站在第三个维度

崔卫平《思想与乡愁》的口吻，让人想起上世纪80年代中期小西天电影资料馆里的同声翻译。那些看电影的是小众中的小众，精英中的精英。有人马马虎虎地竖着领子，外套也是潮湿的，带着风尘仆仆的味道。电影院黑下来的时候，有一段长时间的沉默，机器播放着轧轧的噪音。她的话外音开始播送：南方口音，冷静，带一点翻译语言未经打磨的硬，转译的关节处全是未被屏蔽的真货色，并且把思考指向内里缓缓给力而在核心处工作。她穿插在解说中的形而上，超越了通俗版的善恶之争、正邪之争，也忽略技术和流派，那不是她的兴趣所在。她的思考建立在善恶对峙背后的另一个维度上。那是一个文明的、理性的、人工的维度，不是仅以人性两个字就可以概括的。

比如她所评价的陆川的《南京，南京》。“《南京，南京》采用一个日本士兵角川的视角。他身为1937年入侵南京的日本军队的一员，目睹大屠杀的残酷之后感到难以承受，放走了两名被俘的中国人，拔枪自杀。这被解释为人性复苏——‘究竟能不能把日本人当人来看？！’陆川问……”她没有停留在对其惨无人道的激愤指责上。她一针见血地说，“当年日本侵略军的许多令人发指的行为，已经超出了战争范畴，战争不需要虐杀人。他们所犯的罪行与当年纳粹对待犹太人的行为更加相似（只有更甚！），属于‘反人类罪’。”

她必须摆脱性别带来的局限而保持理智和清醒，她谨慎地对待经验中的“天然的正当性”，对“反思”这个东西也强调“再反思”。这使得这些文字严肃之余，理性大于激愤，锐度大于反叛——按照《教父》中老教父的说法，“过度憎恨也会使人失去判断”。

激情和愤怒都需要力量。1966年“文革”开始，她还没有从童年的浑浑噩噩中清醒过来。“1967年的某个夏日，几个孩子正在家里玩牌，听到外面人喊，谁谁谁的妈妈跳河自杀了！跑出来一看，是被水泡得肿胀的尸体，半个肚皮露在外面，还有一大堆散乱的头发。”她第一次感到自己所站立的地面在塌陷。而她的祖母的某个儿子或媳妇被游街揪斗，她就不停地上厕所。“我分享了她的悲哀和无力，我们很快整个掉进历史的缝隙之中了。”对于痛苦、恐惧、不安全，她少年时代就有了切身感受。这些后来成为她体察人性的评价体系的参照表。

评价二战题材的电影在书中占主要比重。她在《思想与乡愁》中所提到的2003年作家出版社根据梅尔维尔最后一部小说《比利·巴德》翻译过来的、更名为《漂亮水手》的作品（同名电影），更能说明问题。故事也是从一般的善恶冲突开始的：主人公比利·巴德是一个弃儿，善良朴实，手脚勤快，是海军战舰中成熟的水手。但是纠察队长克拉格特却成天跟他过不去。嘲弄他、讥讽他、羞辱他、陷害他。如果说前者的善良是天生的，那么后者的邪恶也是天生的——关键是，他把邪恶看成是严肃而非轻浮的事情。简单地说，这个邪恶者再一次设计圈套陷害善良者而令他没有退路的时候，后者终于反抗了——杀了他。

故事没有结束，甚至刚刚开始。代表着权威的船长首先反应是“上帝的天使杀了他”，然后的反应是“士兵杀死了上级，这个天使要被绞死”。崔的结论是：简单的善，和纯粹的恶，其实处于同一层次，它们其实站在同一边；另一边是船长所代表的法律、制度和美德。这些是“人工产品”而非“自然天性”。

这和我们通常所理解的善恶之争、正邪之争，善有善报恶有恶报，完全的不一样。一方面，人性中的光明与幽暗本是共生共存，善恶无法被量化，因而作为个体无法被准确测量和划归；另一方面，“邪恶制度下的人性”会将恶行以日常如流水的方式正常化、合理化地表现出来。比如电影《朗读者》里，电车售票员汉娜曾经作为纳粹集中营的女看守，每个月和“同事”挑选一些人送往奥斯威辛。汉娜的“平庸无奇的恶”并不是一望即知的魔鬼。当她和他们被卷进一个杀人机器，就像一枚螺丝钉在其中兢兢业业，身处邪恶而不自知。再比如林达的《像自由一样美丽》书中，那些纳粹看守曾经对12岁以下的儿童被送往毒气室产生过同情，但是他们的“职责”和“使命”使他们偶尔的人性嬗变为不合理、异端。

崔承认道德感是“无权者的权力”，是最有力的武器。但更注重那个管理人性的轨道是否健全、无障碍和合理。因为一旦邪恶上升为权力和惯性，并通过国家机器释放出来，造成的将是人类的灾难。宏观到国家、到世界，微观到常规所说的“制度管人”，说的其实是同一件事。

崔看问题的角度是我们通常看问题的盲区，她在思维定式的空白点上工作，打破一番格局开创另一番格局。她的评论经过了理性和经验的处理，并且处理过不止一次，可以感受到那些东西的可靠性和诚恳。

她说，1978年一个星期天早晨，她在传达室接到南京大学的录取通知书。当时的南大，出了写作《实践是检验真理的唯一标准》文章作者、哲学系教授胡福明。“父亲是内敛性格，喜欢放在心里不说出来，居然一句鼓励的话也没说。但我本能地体验到他内心的充实和满意，我也一句话没说。”这种内敛符合我们这一代人的胃口。当下世界有过多的噪音。由于噪音多而大，所以必须要叫声怪一点，才能引人瞩目。而网络又无限宽广，于是逼出许多妓女、魔女、小丑、骗子和狂人，令人有两岸猿声啼不住之叹。

她上大学的时候参加全班讨论会。“我嗑嗑巴巴地发言，引起班上某同学的不解与鄙夷，嘴里发出不屑的声响仿佛在提醒：这个人最好躲到地洞里去。”这时候有旁人站出来说话：“让她把话说完嘛。”“作为一个女性，我最感到痛楚的经验就是不给允许开口的经验，被暗示自己的意见无关紧要的经验。”

这个世界越来越鼓励噪音了。怎么能区分那些响亮的发言者究竟是勇者还是白痴呢？让蛮强的音浪强暴沉默的大多数，真是暴力和罪孽。

崔卫平：学者、电影理论评论家。著有《带伤的黎明》、《看不见的声音》、《积极生活》、《正义之前》。译著有《布拉格精神》、《哈维尔文集》等。

蔡澜：愿意多走几步

几年以前，蔡澜先生出版了几本随笔集。内容大概是，他在世界各地洗澡，写了《洗澡随想》；坐飞机穿梭全球，写了《飞行乐趣》。承浙江文艺出版社的一位编辑引见，我在一个茶舍见到蔡澜先生。

有人每天见面，却是熟悉的陌生人，只知轮廓，彼此只一个符号而已。蔡澜先生虽只见过一面，却有人生经验值得学习。

香港人里个头高的不多。蔡澜先生高个儿，戴花领带，驼背。他的头衔很多啦——香港嘉禾影业副总裁，与金庸、黄霑、倪匡并称香港四大才子。他也是美食家、旅行家、专栏作家……金庸先生对蔡澜的评语：琴棋书画、酒色财气、吃喝嫖赌、文学电影，什么都懂；女友不少，皆接之以礼，不逾友道；男友更多，三教九流，不拘一格。他对于成就的见识是：我倒并不虚伪到认为有钱不好，比有钱更不好的是，有钱不会花。许多有钱人的所谓成就，就是安安乐乐地在家里寿终正寝罢了。

他说家附近有一家云吞面馆。如果你肯多走几步，就可以吃到更好的云吞面。这多走几步，就是生活的质量。

但是一个人，在金钱、美女、地位、名声，都有了以后，还想要什么呢？驴子为胡萝卜盲目追求，未必不快乐。或者说，人的快乐往往是盲目的；而欲望尽达，人生是否反倒少了乐趣——这也是人生悖论。他认为要有“求知欲”。他的“知”更多指的是见识，所谓不断超越自己，讲求精神闲适。

说起欲望。我以前看过一个关于钓鱼的故事：有个人在岸边钓鱼。蓝天白云，他头枕着双臂，悠哉游哉。有个人劝他：你想过没有，出海打鱼，挣钱攒钱，成为富翁以后再回到这里钓鱼，那什么劲头！那时蓝天白云，头枕着双臂，才真正悠哉游哉。但钓鱼者不以为然，偏头道，我现在已经如此。

蔡澜先生同样讲了一个关于欲望的钓鱼故事。在西班牙的一个美丽岛屿，一天早晨，他走到海边，看到一个头发长得盖住脸的老嬉皮士在钓鱼，但是那里的鱼很小。他忍不住说，嗨，看那边的鱼多大！但老者说，我只是在钓我的早餐。蔡澜顿觉当头棒喝——人只得到他需要的那一点点，就足够了。所谓适可而止。

由此可见，补养不必每顿生猛海鲜，只吃自己缺乏的营养就够了；书也未必要读的多，但要挑选趣味所在，有所心得。

欲望与能量，所要与所得，基本持衡，方能内心平静，四体安和。人性深处的幽暗与光明，总是一半魔鬼、一半天使。依照历史经验，魔鬼的能量总会大一些，成功者也往往是一些有脑子的魔鬼。我少年时代读《三国》，把人分为四种：智慧而且仁慈的，比如刘备；智慧但是不仁慈的，比如曹操；不智慧但是仁慈的，比如鲁肃；不智慧而且也缺乏仁慈的——比如当下街面上流行的许多人，当然也包括我们自己。但是时代风尚怂恿着他们产生，也纵容他们的成长。人不是常常为着欲望不达，而变得面目狰狞吗？因此现世生活，一个人为自己的欲望与能量所限，超越起来并不容易。

蔡澜先生认为旅行对于人的意义，正在于看看“生活在别处”的人怎么过。在行走中，远离现世生活，所谓有所超脱，所谓出世。

行走当然有许多乐趣。有一次他到日本寿司店，与一老者攀谈。老者说，我见过许多赤裸裸的人生。后来才知，老者是看管澡堂子的，整天坐在高台子上，看着两边男女出浴，果然看到许多“赤裸裸的人生”。还有一次，蔡先生在泰国乡下旅馆，冲花洒冲到一半，几十尾蜈蚣从流水洞口倒爬出来，他只好裸奔冲出走廊，惹得旅馆女工哈哈狂笑。

蔡澜也喜欢荷兰的生活方式。他说，荷兰是世界上第一个通过安乐死的国家，也允许红灯区和宽容同性恋。他们用比较人性的方式解决社会问题，而不是强迫，是进步的和开通的，充满了自由的气氛。而在墨西哥，女孩子常常将骷髅作为装饰。在过节的时候，他们会为死去的人燃放焰火——他们对死亡的看法坦然而平常。

然而行走，只是人在既定生活轨迹中的瞬间偏离，是睡眠中的梦，是平庸生活中的一场魔幻。人早晚是要入世的。蔡澜先生从父亲那里承袭的哲学是：太过执著于一件事是不可以的。因为，不要给食物食你，不要给酒饮你，不要给事物玩你。然而，对一切美事还是有所坚持。

蔡澜：（1941年～），新加坡出生，曾留学日本学习电影。长期在香港任邵氏、嘉禾等影业公司的电影监制。也是美食家、专栏作家、电视节目主持人、商人。

骆一禾：与青春有关

诗人骆一禾已经退场，他的名字如诗歌一样正在被时代遗忘。

总得有20年了吧，年纪一岁一岁地长，我们的心一点一点灰下去。仿佛它的每一次成长，都会不经意地把心烧煳一小片。在零零散散的回忆中，无数个零零散散的诗人被一点点聚拢，经过组合的他就鲜活起来——年轻的他，年轻的他们与她们，正走在二十多年以前北京的老街上。那条街是上世纪80年代中期的街，方圆多少里都是暗淡的北方灰，旁侧的老房子被推倒重建，拆旧翻新。散落在地上的旧砖石登时成为断壁残垣。杂草中间潜伏着各种活物。偶尔，一只流浪的猫一道白光一样闪过，留下几声凄厉的叫唤。这是城市里最惊险的情节了，都市里的村庄就是这样产生和消亡的。

那是一个热爱诗歌的年代。那时候商品还没那么多，网络还没那么繁盛，美女还没被批量生产，人心还没那么涣散，青年人还爱着诗谈着理想。骆一禾刚刚从北大中文系79级毕业分到《十月》杂志主持“十月之诗”。他和海子、西川一直被称为“北大三才子”，但他沉默寡言，常常被遮蔽在他们的光芒里，乐于做一个倾听者。尽管他已经在《诗刊》、《上海文学》、《花城》、《山西文学》等刊物上发表诗作几十首，留下近两万行诗作及数万字的论文、小说。那时候的他，年轻，单纯，多愁善感，谦卑沉郁，爱激动又书生气。

他在《生日》中这样写：虽然我们也有不幸，我们最美好的，还在燃烧……人们可以永远地爱。祝男孩子们健康，他们是古怪的青铜，生来就是严峻和永恒。

他激情澎湃地描述《长征》：这是一条伟大的道路，首先写在亚洲中部，后来写在了世纪的内心。这是一个巨大的心脏，把历史交给了农民。和历来的棉花不同，和历来的麦地不同……从人群上说，和军阀和绅士们，绝对不同！

他满心沉浸在年轻里：星座闪闪发光，棋局和长空在苍天底下放慢。只见心脏，只见青花。稻麦。这是使我们消失的事物。书在北方写满旋风内外……太阳上升，太阳作巨大的搬运。最后来临的晨曦让我们看不见了，让我们进入滚滚的火海。

可以想象，那时候热爱诗歌的他，他们和她们，曾经在旧世纪的街道上漫无目的地走。背对着太阳走路，影子被抻成卡通片里不合比例的修长。他用脚踢地上一块一块的石子土粒。踢远了，走过去，像足球队员罚点球那样，姿势停

2012.2

留在某个造型上起脚再踢。然后漫不经心地手插在上衣口袋里，头发被风吹得四散。

1989年5月的一个诗人聚会上，他激动地说着话，忽然倒在女朋友怀里。那天是黄昏的时候开始起风的，地上的尘土、雪糕的包装、塑料袋和废报纸在角落里打着旋儿，空气中飞沙走石。他们的话也像是被土粒撞飞了，没有再连成整句子。后来她回想起来，他们的聚会本应该风和日丽，花好月圆，然而却乌云翻滚、飞沙走石的，像50年代一部部老电影里的艺术手法，预示着某种严重的危机。但那个时候的他们年轻得什么后果都来不及想，更来不及想未来的征兆。她只是慌忙穿过密集的人丛叫了一辆三轮车把他送到医院。但是不久，他的死亡报告就出来了，上写着“脑溢血，28岁”。

10年、20年很快过去。人们恍惚记得曾经有那么一对年轻人，但并不知道他和她从哪来，到哪去，未来会怎么样……那一个春天的味道已经过去好多年了，后来四季的风从哪个方向吹，总也吹不来那一天的气息。

人们只记得他小的时候随父母下放河南农村，出版过长诗《世界的血》。但他的诗很少有单行本。他总是和海子合出诗集。他被诗歌界称为“在朦胧诗之后对诗歌进行了沉潜而深入的思考，并以思考为出发点，选择了一条背向前人，也背向后人，同时也背向其同代人的修远之路”。但是那些热衷于诗歌的朋友们，也因为诗歌的边缘而各自忙碌了。

新世纪的这些年，人们已经忘记诗歌了。世界似乎以鸟巢为北京的地标，但是中国人还是认老祖宗留下来的天安门。如果以天安门为圆心，北京的建筑交通结构，正像一块巨石落水后的涟漪，慢慢地向四边拓展。没有诗歌的都市，如一幅铅笔速描一样的定格，纷乱，仓皇，不安定。

他们和她们，已逐渐忘记诗了。他们为了人父为了人母。他们成了副处、正处，副总、正总。他们的孩子正被裹胁进严酷的竞争之中。他们的办公室弥漫着看不见的硝烟。他们受过骗也骗过人、受过伤也伤过人。现在对于他们来说，有钱，有房子，有孩子，有网络，但是他们总觉得自己心里是空的——这个世界，心里没有了诗，其实就什么也没有。而那些假装把句子断行的伪诗人们，正做着有奶便是娘的勾当，正在为生存利益失去基本的正义。堕落有时候是不知不觉的，但是他们还挺胸收腹地觍脸打着诗歌的旗帜，真脏得让人恶心。

诗人骆一禾已经退场，他的名字正如诗歌的名字一样被遗忘。

骆一禾（1961～1989年）：诗人。上世纪80年代与海子、西川同称为“北大三才子”。著有《世界的血》等。

孟晖：在宏阔细部

孟晖的新书《贵妃的红汗》开头说了一个故事：儿子进城，给乡下的爹买块点心。乡下爹吃了，觉得真是美味好吃。下一次，儿子带回一块香皂，乡下爹以为还是点心，一口咬下去，呸，怎么这么难吃啊。

另一个故事是关于南朝驸马爷王敦的：王敦初为驸马，如厕已毕，女奴奉上盛在玻璃碗里的澡豆，却被王敦当做干饭，将澡豆倒在水里，咂摸着吞咽下肚。却不知，这原是便后洗手的环节，澡豆是类似于香皂的卫生用品。

她于是笑道：原来嘲笑乡下老头不识香皂的故事，至晚在《世说新语》的成书年代，亦即南朝初期，也就是5世纪上半叶，就有了原型。

看到这儿你大概就明白，这本书笼统地说讲的就是古人的生活细节。与其说是文化史，不妨当做古代版的《时尚》或者《嘉人》来读。古画中走出的千年美女，扫娥眉，斜发髻，腰间的佩环以绸带层层系住，垂下玉色的水样流苏。现在她们是作为历史的记忆符号而存在了，当初她们是怎么花红柳绿来的——怎么用澡豆洗手，怎么制作桂花胰子，怎么使用养颜的玉女粉、蔷薇露、海棠蜜，怎么往头发上搽着甲煎香泽、露花油、香发木犀油……她们在宏阔历史细部描金绣银，亦诗亦画，且笑且饮，绝不作为大时代的主角登堂入室，只如同昂立于高堂殿宇之檐角的一排突兀的小兽。

《贵妃的红汗》里又说《梦溪笔谈》糟改王安石长期不洗脸：公面黝黑，门人忧之，遂请医生。医曰：此垢污，非疾也，得出了“泥垢太多”的诊断。于是上澡豆。但王安石偏偏说自己脸黑是天生的，不肯洗——“传扬一个人生活细节的缺陷，从而诋毁他的人格，也是古今通行的办法。生生把一个堂堂政治人物‘描黑’成了猥琐男……”

秦皇汉武，唐宗宋祖。古往今来，历史的巨象每走一步都地动山摇，所向披靡。那些模糊于它脚下的沉默的大多数，却在它翻腾的尘浪里捡拾生活的碎屑，去温存，去体味。任时过境迁，三纲五常，饮食男女，才是这世界永久的时尚。

记得看过诗人于坚的一篇什么文章，提到他上世纪70年代到上海，称过一斤大白兔奶糖，买过一双时髦的黄皮鞋，在外滩目睹双双对对的情侣，细语，耳鬓厮磨，简直瞠目结舌，心潮澎湃。因为当时在外省，这恐怕要被当做流氓抓起来的。“新来的一对，只有在一旁等着，等先来的恋人谈完撤出，方能挤入。”其时社会上正在喊口号、念社论、开庆功会、批判会。大时代万众一心，旗帜招展。时隔多年，他仍然忘不了从南京路两侧的任何一条街巷走进去，都可以看见过日子的浪潮汹涌而出：每一个窗口，都搭着一根竹竿，上面拄满被褥、大裤衩、胸罩、孩子的围嘴儿。正处在《红与黑》中于连一样要征服世界的年纪的他，在摩天大楼夹缝的某个弄堂，喝下一碗绝好的老鸭粉丝汤。上海普通市民生活里的诗意，令他记忆深刻。

张择端的《清明上河图》其实就是市民社会的颂歌。张爱玲的《更衣记》常被批评具有庸俗的市民倾向。她说，“袄子有三镶五滚，七镶七滚，下摆与大襟上还闪烁着水钻盘的梅花、菊花，袖上另钉着名唤阑干的丝质花边，宽约七寸，镂出福寿字样。”也写过“苋菜上市的季节，我总是捧着一碗乌油油的紫红夹墨绿丝的苋菜，里面一颗颗肥白的蒜瓣染成浅粉色，在天光中过街……”曹雪芹更是记录生活细节的大师：“凤姐吩咐，螃蟹不可多拿来，仍旧放在蒸笼里，吃了再拿……又说，把酒烫得滚热的拿来。又命小丫头们去取菊花叶儿桂花蕊熏的绿豆面子，预备着洗手。”——这就是澡豆了。这其中全是些宏阔历史夹缝中残存的“诗意的生活”。

如今大时代大变革，每一座都市都从野趣横生的散漫形态被快速地规范化了。破坏正以建立的名义进行。它们仿佛被整齐划一地呈现一样的表情、一样的姿势——像是上世纪50年代的舞蹈：一排风姿绰约的姑娘穿同样的衣裙，柔美得如出一辙，好似一个人的多个重影。诗意的生活在哪里呢？

岂知那些华丽和隆重，都是外交家和政治家的。对于普通人来说，就要那么一点点。而往往为了这么一点点，他们不惜把自己的青春和命运也搭上来。

大概应了张爱玲的那句话：凡人比英雄更能代表这时代的总量。

记得我小时候去上海松江看到香菜——老年人下午午觉醒来就开始择菜了。怎么是香菜？其实是细瘦芹菜，南方的菜都细小，哪像北方大葱或者大白菜一样的粗枝大叶。南方老人择豆芽，都是把每一根豆芽上的须子掐掉，和肉丝炒起来，一派银白。不放酱油，只放盐，一放酱油颜色就不对路了。我惊异于上海的肉粽子、炒年糕，以为是炒白肥肉。我外婆给我一枚戒指，说是“老金”，我现在还留着。

这本书可以当做史来读。既有史的品质，也有生活边缘的香艳。史所书写的对象，除了英雄和领袖，更是那些活着的或者死了的沉默的大多数，曾经或者现在，在生活的细部缓慢地生活，磨损或者跌宕。把那些空阔的思路留给政治家和外交家吧，任世事变幻，三纲五常终是变不了的。这才是生活的诗意。

孟晖：编辑、作家。供职于北京三联书店。作品有长篇小说《盂兰变》、随笔集《潘金莲的发型》、《花间十六声》等。

何怀宏：观念的精英

何怀宏的《渐行渐远渐无书》大约是他新世纪以来对20～21世纪中国历史大事件及关键人物的思想随笔结集。看看文章标题就可以了解这本书的大致轮廓梗概：《梁启超的信仰根底》、《鲁迅与耶稣》、《毛泽东在1917、1918、1919》、《路翎：折断的翅膀》。其中也有对自上世纪80年代至今的文化潮流种种的记忆与观照。关键一点是，该书对中国现当代史中众所周知的人与事的考察路数，没有陷入宏大叙事的理论俗套，或者花样翻新的语言重构，而是施以人性伦理的视角，小切口地观照与探究，长驱直入，以完成由远及近、由表及里的真相传达。因此文章带着温存中道之风，悲天悯人，也设身处地，无微不至。在要害处，常有中的一击。如，分析中国革命早期领导人瞿秋白之书生气质的《政治局里的多余人》，分析“文革”中红卫兵集体失控成因的《受命造反的青春暴力》，分析抗日战争至解放战争中那些叛徒变异心态的《叛徒问题或灵与肉》。他作为北京大学伦理学教授，在当下这个以GDP为发展硬指标的大时代里研究道德伦理问题，一方面有着诸子游说布道般的力挽狂澜和豪迈雄心，一方面也难免因面对现实自处尴尬而饱含“一种文化的忧伤，对整个文化精神的忧伤”。

他根据瞿秋白就义前写的《多余的话》中对自己政治生涯的心灵剖白而进行分析。以此评价中国共产党的早期领导人之一的瞿秋白，以及在他之前或者之后的“前清秀才”陈独秀、“留美学生”张闻天。说他们有较多的知识分子脾气。《政治局里的多余人》写到瞿秋白对性格的反省。他说自己“有许多典型的弱者的道德，忍耐、躲避，讲和气，希望大家安静些、仁慈些”。他觉得他在政治舞台上只是扮演一个角色，而并非自己真正灵魂的家。这样一个“观念的精英”在一个动荡时代的早期还显示出一定的优势，但是，他们很快就被“行动的精英”挤到一旁。

书中这样引申道：历史上的精英可分为两种，一种是观念的人，比如思想家、哲学家、艺术家；还有一种是行动的人，比如政治家、宗教领袖、军事家——观念的人对观念、思想有一种很强的感悟力、创造力，但也常常因此思想复杂，从而影响到行动的果决。或许又可能有一种道德的洁癖，为了捍卫理念而不肯做出妥协；行动的人则往往基本见解一旦形成就坚定不移，敢于斗争又善于妥协。他说，“辨别‘观念的精英’与‘行动的精英’还有一个性格特点的标准就是：对于那种直接掌握人和影响力的政治权力是否有强烈欲望。”他感慨说，新的时代、社会已不再需要这样的士大夫文人。他给出的理想国想象是：比较好的办法是各种人各得其所。

他是一个温和的理想主义者，崇尚非暴力，倡导道德律，他试图以书生的说理，分析战争和暴力。比如，他从史铁生的《务虚笔记》提及的叛徒问题引申到道德伦理层面：“其中某一种人，不是真的信念转变或者为了升官发财而改换阵营，纯粹是受不了对肉体的折磨才屈服。”“生命，是包括思想、理性、乃至灵魂的现实载体。消灭一个人的身体，就是把他的尘世的唯一可以灵肉结合的存在消灭。而折磨人的身体比这还要卑鄙，它包含了对人所共有的弱点的侮辱和利用。”

他感慨一切有价值生命的不知所终。比如才子储安平在1957年被打成右派，最后的结局扑朔迷离——投水，或者出家，或者被打死？一连串政治风暴过后，许多人像叶子被席卷而去。对于生命的漠视令他痛心疾首，他期待任何运动、斗争、维权，都受到最基本的道德原则的规范和约束，因为“一个健全的社会，应该减少种种对人的肉体生命的无视、轻忽和践踏”。“不伤及无辜”的原则不仅在原则范畴，而且是斗争手段，是真正的斗争精神。

遗憾的是这个世界真是不尽如人意。对于世界各地的战乱与动荡，数月之内，人们一下子回到了弱肉强食的丛林时代，他只有感慨文明的脆弱。

他自己就是一个“观念的精英”。成为“观念的精英”

并不为过，因为“观念的精英”们所经营的文化产品，对于过往的历史，往往主动承载了守护记忆、背负记忆、传载记忆的责任。他们所产生的文化的力量正在成为社会的推动力。然而当下，观念与精英都成傀儡。刘瑜在《民主的细节》这本书里对我国当下的文化产品面对丰富的现实生活严重缺席时说，中国有多少文艺作品在守护我们的记忆呢？在《上海宝贝》里、《大话西游》里，还是在《无极》和《满城尽带黄金甲》里？当我们文艺作品用五光十色的豁达、诗意、颓废、华丽、放荡、恶搞，以及最重要的沉默，来包裹怯懦时，它正在体现到我们对现实的态度里。

他不喜欢激烈。他把理想主义者也细分为两种：激越的理想主义者，平和而坚定的理想主义者。后者不满意现实，甚至永远不满足于现实，随时准备尝试新的可能性。对任何新鲜事物都不贸然接受或关上大门。他认为那些天性激烈的愤青，看到丑恶就觉得是世界末日。但是他们的敏感性对于社会平衡的意义在于，唤起我们的不安。他们的价值是使那些在相对满足感中麻木的人们惊醒过来。但是，对于一个稳定的社会来讲，真正的理想主义者们一定要有，但不宜太多。他们的数量应该是“世上的盐”。

“新时代的理想主义者”们最好有相当的现实感。他们是仰望星空的人，同时也是站在大地上的人。他们既有崇高的理想，也须了解人性与国情——除了仰望，还要俯瞰。除此观外，还须内省。当然还有他所不断强调的“道德律”。

他阅读奥威尔的《1984》的感想是：“自由的思想本身至

少需要两个条件，一个条件是对过去的记忆和当下的经验材料，另一个条件是必须通过语言来进行。于是这一社会的控制者就有意识地、有步骤地修改和消灭过去，他们把过去塑造成他们所希望是的样子，使思想者失去了可供比较和判断的标准。在此，历史实际上被冻结了。”

他一向自觉平凡与世俗，在诸教的槛外。即使在精神意绪上有一些感触，也不是和佛教很近。但是这一比喻却令他触目惊心。它扰乱了这静夜的内心安宁。他想到的是李叔同的出家和托尔斯泰的出走。随着年轮的旋转，我们的生命已无可避免地和许多别人连接在一起了。“我们只能说，出走者也许听到了另一种呼声——那是一个我们心灵不容易触及的地方。”

他2003年居然也买“自然码2000版”。天啊，他终于回到了地面上。到了2004年，他越来越喜欢平淡、平静、平安的生活。心里知道更广大的世界，由衷地感到了没有内疚和忏悔的幸福。

何怀宏：学者、北京大学哲学系教授。从事伦理学、哲学、社会史等的研究。著有《良心论·传统良知的社会转化》、《底线伦理》、《道德·上帝与人》等。

纸上男女

陈染：学会了顺应

如果以为陈染是一个十足的书生，是不全面的。她固然很林黛玉：很瘦很瘦，小尖脸，大眼睛，走路弱柳扶风，敏感到无微不至。但是她也兼备了薛宝钗的圆熟和机敏。在神经质之外，自有一种处事的练达——会圆场，会逢人只道三分语，会随和与超脱。

有一年春节，几个朋友去看一位文学界的前辈，也叫上我。陈染就住在他家附近。我想也没想，很兴奋地给她拨个电话。她先问你在哪儿？我说就在你家附近啊，某某家里。她听了立刻说也要同来拜望。她执意来了，还拿了过年的礼。前辈倚老卖老，笑道：陈染咱们这么近住这么多年，他们不来，你是不会来看我的！陈染连说，早该来，不敢来！亏得徐虹打了电话……但是我分明体会了另一层意思：既打了电话，她也不好不来；其实她根本是懒得交往的，自顾自的，也无求于人的。这位前辈在文坛举足轻重，来他家拜见的人总不断，性情直率的前辈总是婉拒。但他显然是欢迎陈染的。因为她的到来与那些名利场的俗套无关，她来是因为兴之所至，随和着大家热闹，也因为深谙世俗客套。她的礼数后面埋藏着原则和身份。

陈染评价一个人好，常常说“这人挺舒服的”。她说起刘震云，“刘震云这人挺舒服的”。她也说起楼上的高洪波很客气，“高洪波这人挺舒服的”。她说起铁凝，也说“铁凝这人挺舒服的”。但有一些人，她很不以为然，只是话到嘴边不多说。她的原则似乎是只说谁好，而不说谁不好。有一次她在电话里说起什么人什么事，感叹道：人家要生存，人家要社交，人家要想方设法，我太理解了！她把重音放在“人家”上，带着京腔。话虽没有不动听，但多少有几分轻视和无奈。她出名在上世纪80年代，那时候是“文革”后的文艺复兴，作家和批评家是严肃的，有道德感、责任感和使命感，彼此对文品和人品也都认同——那是她的繁盛时代！现在，以她的眼光看当下许多作家，很有些繁华过后前辈看晚辈的意思，同时也搀杂了对世风的感慨。她见繁华见多了，情况尽收眼底，心里全明白。

我跟她是交过一些心的。有一次在路上，我开车，她漫不经心地说，你还且折腾呢！我已经学会“顺应”了。

以前的陈染，是颇为反叛的，特立独行的，像一个瘦弱的战士。按王朔的话说，我记着你那时候梳一个爆炸式，不大理人，还挺能喝酒……到了新世纪，陈染已经学会了规律地生活。每天按时吃饭，按时睡觉，按时散步。她养了一只

狗名叫三三。“我每次喂它骨头，都把肉剔下来，用手一点点捏碎了……”她过早地进入了老年生活。

她当然也试图把她的洞察与聪明运用于社会生活，努力去适应，去参与，努力与各式各样的人打交道。但总难免踉踉跄跄，力不从心，“感到很吃力”。有一次她出席一个饭局，唐突地先走了。她的雷达敏锐地开着，她的原则又不肯让步，看看局面不对，就常常先走。她用逃跑的方式回避着世界，回到自己的生活中来。她周围像有一道金箍棒画的圆环，圈里面是安全的。但她有时候又那么不甘心，偶尔溜达到圈外来。然而看见风吹草动、情况异常，又赶紧掉头跑回去。她在两极间艰难地徘徊，终于没有找到很好的解决。

逃跑，或者叫做回避，是她的真经，她也以此教育我。我说起一些人，用了“霸道”二字。她说，躲开罢！不必打交道，但也不必逗起他们的火儿来……我认为她是体面的。

重新翻翻《凡墙都是门》、《与往事干杯》、《私人生活》，时隔20年，她的作品一点不过时！字字发着暗金的光芒，具备真正品质——它们无疑是当代文学史中女性写作的标高。但是时代迅速往前走了，走到了她所不认识的流段。如果说一个人的创造力，与他（她）跟世界的冲突成正比的话，那么她的“顺应”究竟是幸还是不幸呢？在时代大潮中，很多人迅速调整了姿势，坐了顺水船。她是宁可站在岸边，不肯随便走的。或许正因如此，她才是不打折扣的陈染。

陈染：作家，当代“私人化写作”代表人物之一。著有小说集《纸片儿》、《离异的人》、《无处告别》，散文随笔集《声声断断》、《断片残简》、《谁掠夺了我们的脸》、《流水不回头》等。长篇代表作《私人生活》。

刘震云：就是一随和

在15年以前，刘老师还不像现在这么著名。1992年，我在《农民日报》文艺部见到他时，正赶上饭点。刘老师穿个旧棉袄、大兵裤，头发中分，很有风尘仆仆的意思。他说单口相声一样，高挑声音道，哟，徐老师，要不小刘请徐老师吃饭！他说“小刘”听起来像“扫刘”，他所称的“徐老师”就是我，22岁，刚刚大学毕业，对世界一无所知。我十分疑惑。中青社的编辑骆军听了，笑得嘿嘿的，道，刘老师平易近人呗……我怎么觉着，互相称这个老师、那个老师，这种不良风气，就是刘老师先带起来的！他管传达室大爷也叫老师。

刘老师身上确实有一种对普通人的不见外，不显得特有文化，不拿劲。《农民日报》那条街上，修皮鞋的、卖杂碎汤的、修理自行车的……勾栏瓦肆，贩夫走卒，好些人跟他熟，也打招呼。作家跟这些人打交道，总难免带着“深入生活”的姿态——即使不居高临下，也显得造作；即使不造作，也显得生分。但刘老师一点不隔。

刘老师平常说话，总带着一种曲艺说唱的劲头，也夸张也有趣，也真真假假，也半疯半痴。我在副刊部时约名家写稿，约到刘老师。他笑道，嗨！就是把一堆孩子拢在一块，都别跑丢喽……他评价一个人好，就说“这人靠谱”；评价一个人不靠谱，就说“这人挺矫情的”。有一次谈起一些作品专门热衷于带方框的文字，刘老师的说法是：“感觉特下作。”还有一次，有人要登一篇骂他的文章，这文章难免偏激轻浅。刘老师笑道，就是小刘这孩子淘气，该打！小刘没别的，就是一随和——反正情况就是这么一情况……好多文化人特别爱惜羽毛，但刘老师活得明白，做事不较劲。有人管这叫智慧，可是这评价放到刘老师头上，又让人觉得过于认真郑重，和他的风格不合辙。

也许在三教九流的普通人散发的世俗气中间，他可以隐约嗅到故乡的土腥气息。他生长在河南新乡。在上世纪中叶，新乡被饥饿和贫穷笼罩，饿死过不少人。可以想象那些故土记忆留给一个人的切肤之痛。他仿佛带着蒙昧的表情，沿着故乡的土路，满目疮痍，一路呐喊和奔跑过来，又依依不舍地回头望去。《故乡天下黄花》、《故乡相处流传》、《温故1942》里，都可以看见遥远的故乡的底色。我1994年约他写篇散文，记得其中一句：“故乡的晚风吹动了俺老娘的白发。就在暮色炊烟里，和俺老娘一起回家”……那些遥远的存在是他的来路，仿佛一棵树的根脉和供养，使他的人和文，都有了质朴和悲悯的意思。

刘老师是北大78级的。有人进了城，只提教育背景，是羞于提故乡的。而他对于故乡与北大的交接处的不平滑，却津津乐道。记得1996年作代会上，苏童、叶兆言两位老师都在。刘老师对着他们，手向左一挥道，华东师大，嗤！又向右一挥道，北师大，嗤！我们北——大！他的河南口音把“北”字的拼音放慢了几拍，说得特别厚实有力。说得旁边那两位也不好说什么，只笑得哧哧的，肩膀一耸一耸，浑身抽筋一样。然后他当众讲了两个关于北大的笑话：“刚进校门，我看见好多同学嘴里总嚼着东西。我就纳闷他们嚼什么呢。后来忍不住一问才知道是口香糖。”还有一次，刘老师洗发水瓶子漏了，他就把洗发水倒入“金鱼”洗涤灵的黄瓶子里，然后去了浴室……周围同学又惊又笑：小刘你一直用“金鱼”洗头啊！

他当然也是厚道的。有一次开一个会，我跟一个不靠谱的人认真谈事。刘老师后来说，我觉着咱妹妹不能把谁都当亲人儿。又有一次，他对我说，七八十度的水沏茶最舒服，徐老师做事不能太要好儿。刘老师看人透彻，关键是对人也善意。

最近一次见到刘老师是2005年。我出了一本书，请刘老师帮忙吹捧促销。他在电话里夸张地说，我觉着这事靠谱，这是徐老师看得起咱小刘啊……刘老师做事向来如此。他让你觉着，你求他帮忙不那么难受。能够“大隐于市”，挺不容易，一般是干大活儿的人。

刘震云：作家，新写实主义小说代表人物。中篇小说代表作《一地鸡毛》。著有《故乡面和花朵》、《故乡天下黄花》、《故乡相处流传》等“故乡系列”。长篇小说《一句顶一万句》获得茅盾文学奖。

王小慧：花朵的极限

有谁愿意听一个女人的上个世纪呢？时间过得这么快，世界这么忙乱，哲学这么多，人们生存的技术和艺术每天都在变化。每次我看到他们的脸，我都迟疑。他们的脸今天是笑着的，也许忽然某一天，像一首诗里说的，忽然会扭过头去，情人也会变作仇人了。

王小慧一直在努力寻找诉说她的上个世纪传奇故事的调子：她在上世纪90年代的车祸后拿起照相机自拍。“照相机像我的感觉器官，是身体的一部分。摄影对我是一种本能的需求，就像渴了要喝水，困了要睡觉一样。想都没有想，没有想的时候就已经拍了。像一种下意识的动作，本能的动作。”她在《花非花》中讲述她的少年时代：“文革”的冲击，父亲自杀未遂，种种阴霾的记忆，以及这些记忆与她的艺术创作的因果关系。她用花朵的曲线表现性和欲望。这些还不够。她疯狂地做自己摄影的女主角——埋头用双臂抱紧一个婴儿。她如此期待爱和做母亲，那些女人的渴望和失望，全都隐藏在她的柔弱而紧张的肢体语言里。甚至，她穿了各种朝代的、各式各样的服饰表现她的前世今生。无数个被复制的她，站在不同的历史时段里，张着眼睛互相打量，越凝视越迷失。

她在执迷地寻找自己和世界的通道。或许艺术本身，就是内心世界和外部世界的一条超现实通道。

她的艺术是戴着滤光镜的自己看世界的一瞬，也是对现实世界的自由任性的剪裁。那些镜头下的影像反映的不是信息，而是心境、对世界的感知和幻觉。像所有的艺术家一样，她试图在艺术中努力表达，理解世界，提出问题。她的半径始终是她的个人经验，她的圆心没有脱离自己。这是一个主观主义艺术家所能扩张的最大能量。周国平在序中说，“这个美女在早年经受了时代的许多磨难，以至于连苦难也化作了幻想的素材”。循着这样的现实−艺术的因果，她没有也不愿超越自己，或许永远超越不了。所以她说，“我的一生就是一场行为艺术”。

对于艺术女人来说，这种寻找和超越是困难的——陈染没有找到，她自己说，已经放弃了寻找，顺应了世界。而顺应是艺术创造的敌人；徐小斌没有放弃，但她必须为了艺术的纯粹付出现实代价，比如获不了那些流俗的各种奖项；严歌苓找到了一条通路，她将笔下那些敏感而生猛的女性，放在惨烈的历史大事件中，让女人们与残酷世界发生关系，比如《金陵十三钗》。我所看见的王小慧的努力仍然是自我的。她的艺术，像是四周放置着不同角度的镜子，镜子中是不同时段、不同角度、不同表情、不同心境、不同化装的自己。无数个瞬间的她，互相打量，反照的中心反而空白。

事实上，从王小慧的艺术中，很难找到她与世界的内在而实质而坚实的联系，这非常要命。尽管她的艺术布景是广泛而绚丽的，但是那些只是舞台炫光而已。现实中的她使自己穿上红舞鞋像一个工作狂，但是她的工作像在一个循环往复的传送带上。

她在《花非花》中这样回应别人对她的自恋的评价："虽然我不这么看，但我觉得就算是自恋，也没有什么错。不爱自己的人很难去爱别人。不是不健康的自恋，就很好。"而在这场对话中，哲学家对这个忧郁而优雅的女艺术家非常客气，只是暗示在她的童年故事里寻找答案。

个人化的艺术，不过是一连串郑重的、有模有样的梦呓。像小剧场话剧中，灯光转暗了以后，一个人的激情独白。这不算是错误，只是有着穷尽自己的危机。

据说好女人的标准是有足够的力量抵御男人的进攻，同时也有足够的吸引防止他们撤退。美丽的女人都知道这个磁场的分寸。她们的魅力使周围布满了爱和守候的影子，但是她们往往无力改变自己的核心基因——她们必须找到一条通往外界的通道。那些艺术的影像，无论摄影还是设计，或者拍电影和做雕塑，都是一种化装。尤其到了40岁之后，美丽和魅力变成一种负担。那种对现实世界的直接的掌控力，才是最有力量的最后的武器。在我看来，那些对性、生活状态

和对人生理解之类的艺术描述，是花样翻新的寻找方式，而实质并没有进展。因而它们简直等于零。

我以为那些具有社会化元素的艺术更具有挑战的意味。它正像一个具有景深的摄影，厚重，立体，那些事实铺天盖地石头块一样砸下来。我倒更喜欢崔卫平的影评。崔卫平在《思想与乡愁》这本书里提到电影《朗读者》：1966年德国审判二战残余时，法学院的学生亢奋地质问：发生这些事时，你们为什么不自杀？在这个故事中，15岁的少年爱上可以当他母亲的公交车售票员汉娜。她要求他不断为她朗读，从《奥德赛》到契诃夫。最后，这位少年震惊地在法庭上见到了她——汉娜在二战中曾经是一名纳粹集中营看守。每个月她和“同事”都会挑选一些人送往奥斯威辛，这些工作日常如流水，仿佛合情合理。一次，关押“囚犯”的教堂成了一片火海，他们手握着打开教堂大门的钥匙，但是没有人想过要将门打开，以致大部分人给活活烧死。汉娜这样质问法官：“如果是您的话，该怎么办呢？”但这解释没有构成法学院学生同情她的理由。汉娜被判终身监禁，而少年体验着从未有过的复杂感情。

有这样一个情节：在最终的审判中，少年发现汉娜看也不看就签署了一份重要的证据，才忽然醒悟：原来她是一个文盲。她的自尊和自卑同时作用着。她要掩饰，这直接导致了无期徒刑。她其实是通过“朗读”缓解着她的自卑。他没有揭破她。也就是说，他们之间留下了一条秘密通道。在她服刑的时段里，他不断给她寄各种光碟。

崔的评价是：这个故事继承了战后德国对于纳粹现象的反思。在战后的年轻一代中，作者没有简单地批判那些罪人，或者谴责他们应该自杀，而是选择了思考和负责。汉娜的平庸无奇的恶，并不是一望即知的魔鬼。当她和他们被卷进一个杀人机器，就像一枚螺丝钉在其中兢兢业业，身处邪恶而不自知——我是想说，《朗读者》将罪责、伦理、政治、历史，放进一个爱情故事框架中，糅合得多么好！同时，崔的评价也显现了她的艺术观和兴奋点。这些能够打通个人感知与世界通道的艺术，才会更具有建立或者摧毁的力量。

通过艺术途径描画的这个世界，可以无限大，也可以无限小。两极都是无限的。许多女性艺术家在拿显微镜仔细分析自己的中途，艺术的创造力都不幸夭折，或者走向极端和疯狂。因而对这个过程的不自觉，往往更加可怖。

有时候我会怀疑艺术的作用。艺术是一个人通往世界的道路，也是阻塞一个人通往世界的屏障。他会停滞在艺术里不能自拔，而世界完全听不见他。

荣格说，对一个真正的艺术家来说，婚姻是一种化装。何止婚姻，社交、工作、家庭，都是种化装。艺术家时常在日常生活和艺术场域中，转换开关，来回穿梭。时而将生活艺术化，时而还原成平常人，汲取现实能量。如果完全将生活与艺术无法分界，也许最终会导致疯狂。

她需要找到一个内在世界和外在世界的路径。有了这个通道，她的世界才会像焰火一样爆裂开来。否则她就是自闭而孤独的，尽管内里充满了绚丽和柔嫩多汁。而这当然也是每一个女性艺术家的难题。

王小慧：旅德艺术家、摄影家。曾出版个人自传《我的视觉日记》、与周国平对话录《花非花》等。著有约四十部摄影集、书籍。

严歌苓：隐身在传说中

小时候听恐怖故事："夜里一个人上楼。楼梯转角处传来咚、咚、咚的脚步声……"现在回想真是最文学化的情节。因为除了夜、脚步声和讲述者夸张的口气，更引起恐怖效果的是隐在夜幕背后的那个人的种种不可知。神秘的魅力即在于不可知，恐怖也是一样——神、魔、命运、未来，以及任何一个瞬间的拈花微笑……那些不可知的存在令人敬畏，也具有超强的震慑力。

因此真正的恐怖，是对隐藏在日常化里的、波澜不惊之下的、不察觉中的突变和失控的时时警惕，是将动未动之时的刹那安静：一脚下去怕踏到雷，但是一切都没有发生。惊心动魄往往出现于不经意间。雷并没有响，人却因一脚踏空而瞬间失重。这一种艺术手法在美国恐怖小说中常常见到。霍普金斯的恐怖片即是在平淡的底调之下蕴含着巨大的惊险和波澜。相形之下，国内艺术作品中的悬念，无非是堆积一些噪音和尖叫而已。

严歌苓笔下的恐怖感是一流的：她最初写的《金陵十三钗》仅仅是一个篇幅不长的短篇。一群涉世未深的青楼女子在1937年12月13日的南京的命运将是什么？中立的美国威尔逊教堂终究不是避难的天堂。在毫无人性的日军眼里，只要他们想要，就没有进不去的地方。那天晚上，日军要以庆祝圣诞的名义，请唱诗班女生到军营献唱。于是她们成为地狱——在魔鬼手里，天堂也成为地狱——边缘的“羊脂球”。她们渺小，如蝼蚁，如灰尘，微不足道，但在慷慨赴死之时每个人都借着夜幕的掩护身藏暗器。关键是，严歌苓竟敢用这个视角记录中国历史中最为惨痛的战争经验，并把天使与魔鬼的人性真相剥脱暴露到极处，真可谓振聋发聩。

她似乎总是用一个女孩的命运列车，装下对生命的伤感和叹惋。也擅长将这个卑微的个体命运，放在广阔而惨烈的社会大背景中。这也许与她的经历有关：12岁参军，曾经是文艺兵，跳过芭蕾舞。15岁早恋，但是她的恋人背叛和出卖了她，她似乎成了名声不佳的诱惑者，胸前永远被烫着红字。她20岁时甚至在“对越自卫反击战”中担任战地记者。对战争中的求生、死亡、血等等惨烈，亲眼目睹。这些零零碎碎地表现在她早期作品《魔旦》、《白蛇》、《也是亚当也是夏娃》、《天浴》及最近的《义犬贝勒》、《拖鞋大队》中。她多年旅居海外，从1986年至今，已出版了15部长篇小说、7部中短篇小说集，惊人地保持着年均一部小说的产量。而她始终隐身在文字背后，安静，孤寂，又敏感又生猛，充满了一种爆发力。

事实上，文学正是将每一个凡人的不同凡响的人生，在艺术化的通道中经过浸染、过滤与修裁之后呈现的精华与真相。它是对心灵由表及里的深层触动，也是灵魂深处曲折表意的长线传达。最好的文学代表自己也代表他者，在自我发现中也可以发现他者。她显然是非凡的，也因此被评论界称为“她的名声远远未能与她的实力相匹配”。

早在10年前，她的《谁家有女初长成》即带着一种活泼、诙谐、细腻又女性化的口吻来讲故事了。她的叙述显得若无其事和漫不经心。所以你很容易被误导，以为她在说一些家长里短或者爱恨情仇，你完全猜不透在这些温文的背后，她说了一个对世界一无所知的普通乡村女子，无意间走向死亡的全过程——像成千上万长得不赖又要强的乡村女子一样，她曾经对镇长怀着秘密妄想：哪天能顶替他的爱人。她要出去，“在流水线上得肺痨也比在黄角坪没病没灾活蹦乱跳的好”。她不知道城里人管脸上青一块紫一块叫做化妆。她“浑身上下都是一个知趣”，“一泡尿胀慌了都不敢动”。所以一个男人对她笑笑，那正是初次出远门的她需要的微笑，温暖、体贴，就轻易地把她诱到旅店。“好像所有的委屈都得到了安抚”。她完全不知道自己涉身于一个危险的边缘，而这境地还会无限制地更坏下去。

她被转卖给了养路工大宏。大宏是拿国家工资的，她在他面前想闹就闹、想疯就疯，使尽主子派头。她甚至还一度滋生了一点点宿命感和骄傲感。等到她发觉，自己是被丈夫和丈夫的傻弟弟兄弟俩共同受用之后，罪恶的逻辑才变得完整：所有的人——骗她出村的老阿姨、旅馆里的人贩子、丈夫和他的傻弟弟，所有的人都串通一气，把她化整为零，人人有份。她在家是爹妈捧在手心的一块点心，却被他们一口一口地品尝和咀嚼。所以她的杀人一点也不出人意料。当然，任何人也无法帮她逃脱冷冰冰的法律和等待着她的死亡命运。

作者的笔力由表及里，把潜在的命运暗线和发生的命运明线，交递地清晰地展现出来，把女主人公被逼杀人的过程，描绘得合情合理又丝丝入扣。并给她铺垫了充分的心理依据，而这些依据必然导致那个处境女子的全面心理崩溃。这让读者不禁想起哈代的《德伯家的苔丝》。

另外这故事里有些宿命的意思。并且把这点意思点到为止。其实命运的初露端倪，就像围棋盘上前几招的棋子，初看时无关紧要，煞尾时却生死攸关。严歌苓把这个乡村女子在命运之初的几颗棋子，布置得无懈可击。她顺着命运走，却怎么走也走不出来了。但是尽管这样，成千上万的那些长得不赖又要强的打工妹们也愿意这样走。不仅仅是这些人，其实每一个人，在命运之初也早已被布置了几颗棋子，走到最后才清楚完整的人生逻辑。所以这故事又好像是人的心理标本，它也因此而触目惊心。

近几年，《寄居者》的出版、《小姨多鹤》的拍摄及获奖、《梅兰芳》电影的编剧等成绩种种，已将严歌苓推上公众视野的风口浪尖。她总是喜欢选择类似吸毒、走私、拐卖人口等问题，像是给社会做了一个切片，但这全包裹在温情之下。这种强烈的反差造成巨大的魅力。这就像真正的恐怖片一样，完全以阳光下平静的基调，展示触目惊心的事实。她无疑是中国当代女作家的标高与模范。

严歌苓：旅美女作家。以中英文双语创作。近年代表作有《小姨多鹤》、《第九个寡妇》、《金陵十三钗》等。

陈忠实：老虎吃天

有时候追索英雄的来路也是一项繁浩的工程。因为成功这东西正像点燃一挂鞭炮的火星，公众的眼神相互碰撞，爆出噼里啪啦一阵滥响，其人的真相却被炸得一时没了消息，在一阵连响声中，蜿蜒迤逦地蛇状消失。

《陈忠实散文》记录了他曾经的来路：1955年，他勒在腰里的红腰带已经变成酱紫色，生命历程的又一个12年从早晨开启——他要到30里外的历史名镇灞桥去投考中学。一行人由一个老师领着，他是当中年龄最小个头最矮的一个。“上路时和老师、同学相跟着走，走出十里也不觉累。悲剧是从脚下发生的。鞋底磨透了，血浆渗透了鞋底和鞋帮。在没有发现鞋破脚破之前还可以支撑，看见脚后跟的血肉的时候便胆怯了。每一次抬脚举步之前都畏怯落地后的皮肉之苦。”

他看见老师向他招手，同学在前面呼叫他。他流下眼泪来，觉得再也撵不上他们了。他企望能撞见一位熟人吆赶的马车，但瞬间又悲哀地想到，他不认识任何一位车把式。有两个人倒追过来，但是他们的关心不能减轻脚下的痛楚和抬脚时的畏怯——他始终没有说明鞋底磨透的事。他打落牙齿和血吞不是出于坚强而是因为谦卑。他怕那些能穿得起耐磨的胶鞋的同学笑话自己穷酸。“这种心理不知道什么时候形成的，以至于影响到后来的全部生活历程。”他们关切地留下“往前走不要停”的话语就整装离开了。他最大的期望就是捡到一块烂布包住后脚跟，可最终只在杨树上捋下一把树叶。

过了很久之后，也没有人知道他在那个关键的人生旅途中的艰难困境。人生的悖论正是这样：有时候对自己来说千钧一发，对旁人来说却浑然不觉。

记得一次早年留苏的《这里的黎明静悄悄》的导演查明哲说，什么叫人文关怀，人文关怀就是：你这里被割破了，我为你敷上药，问你是不是疼？抚慰你，温存你。然而当下的都市却常常灯火辉煌，街市宏阔，到处飞炸着信息的碎片，广告牌上闪亮着“人文关怀”的标语。但是常常，在最关键的时刻，却彼此咫尺天涯。或许发展中的都市本身正像一只瞬间膨胀起来的气球，它的心儿只有指甲盖那么一点点。或者它根本就没有心儿，有的只是被催情的草莓、机器养出来的冷冻鸡、注水的西瓜，还有那些裁剪得体的空心人……

在写作《白鹿原》之前他对自己并没有把握。“我当时十分珍惜陕报吕震岳的七千字篇幅的约稿，更多地感念一种被信赖被理解后的知遇之恩。”他正在构思一篇篇幅较大的小说，原计划给《人民文学》。“这时候又接到老吕的一封信。信皮和信纸上的字都是用毛笔写的，字很大。内容是询问稿子写得怎么样了，一月过去了怎么还没有见寄给他。”

“我读罢改变主意，决定把即将动笔要写的小说给他。关键是怎样把原构思的较大篇幅压缩到七千字以内。”“如果就结构而言，这个短篇是我的小说中最费思量的一篇。及至语言，容不得一句虚词冗言，甚至一边写着一边码着纸页计算着字数。写完时，正好七千字。我松了一口气，且不说内容和表现力，字数就合老吕的要求。这就是《信任》”——后来《信任》获1979年全国最佳短篇小说奖。

难怪有评论说陕地作家的风格，陈忠实干，路遥不稀不干，贾平凹稀。

《白鹿原》从孕育到诞生历经了近二十年。1973年隆冬，西安奇冷。在开会散场时一个陌生人拦住他。这个人操的普通话声音浑厚，他一开口，就嗅到了外来人的气息。“他说他叫何启治，代表北京的人民文学出版社到西安组稿，由刚刚创办的《陕西文艺》即现在的《延河》编辑部推荐才来找我。他已经读过我在《陕西文艺》上发表的一篇短篇小说《接班以后》，认为它具备了一个长篇小说的架势。”“而我站在小镇的街道旁完全一脸茫然。且不用吓了一跳这样夸张性的言语形状，我当时还在惶惶着能不能写出第二、第三篇，根本没有动过写长篇的念头。我便给老何解释这是老虎吃天的事。”

但是老何说话的口吻和神色，让他感到了基本的信任。老何再来西安组稿是上世纪80年代夏天。他要了西安饭庄的看家菜葫芦鸡，老何直说好吃。“多年以后的几次相聚中老何总会忽然歪着头问我，那年你在西安请我吃的那个鸡真不错，叫什么鸡？”

他第一部中篇小说《初夏》写成。在1984年的《当代》刊出。之后何又问他，有写长篇的打算没有？他还记得1973年说的长篇约稿之事。“他说，你什么时候打算写长篇的话，记住给我就是了。我便告诉他，有想法，仅仅是一个想法，要先做前期准备，查阅县志、党史、文史资料，做社会调查，研读关中历史的书籍。”他一边酝酿和构思《白鹿原》，一边嘱咐老何：“不要告诉别人，不要催我。”“我知道这部长篇小说不会在短促突击中完成。初步计划三年。三年里沉心静气地做这件大活。过多地谈论和过分关心地问询以及进度的催问，会给我心里造成紊乱和压力。”按照他的性子，畏怯张扬，外松内紧，如同农家妇女蒸馍馍，未熟透之前是切忌揭开锅盖的。他在刀刻斧凿的外表下居然藏着柔软细腻的心性。但他仍然不踏实，万一最终下了个软蛋呢？后来几年，老何守约如禁。只淡淡说过一次，没有催的意思，你按你的计划写，写完打个招呼就行了。而他仍然紧关口舌。直到1991年写完全稿，直到1992年早春的某天晚上，可以确定《白》定稿完成了，才履约践行，写了一封信给老何。老何很快复信来，在3月25日左右到西安取稿。这个老虎吃天的大事才在真正的关怀与君子之交中终于完成。

陈忠实：作家，陕西省作家协会主席。代表作长篇小说《白鹿原》获第四届茅盾文学奖。

徐坤：偏于硬朗

徐坤管小几岁的女性喊“美眉”，我们称她“坤师”。坤师说话偏于调侃，偏于嬉笑怒骂，偏于简练豪放，偏于直来直去。成就成，不成拉倒。来就来，不来改天。没有事前的琢磨、事后的思忖，没有凭栏凝眉，反复思量，欲罢还休。跟她说话，我也不由自主地变得没有废话，直奔主题。不像小女子们一起，彼此传染，人容易琐琐碎碎，横生枝节。当然，有人酒喝得好，说话也好，但只要一过事，就漏洞百出，不牢靠，出是非。坤师无论说话做事，滴水不漏，百密无疏，每个细节都夯实可靠——她的玩笑淘气之间其实有着严密的内在逻辑和行为规范。

她常年梳着超短的头发，冬天穿冬式的T恤，夏天穿夏季的T恤，总保持着运动的势态，老同志们喊她假小子。有一次，她作为60年代写作者的代表人物之一，大头照上了《青年文学》封面。她把放大的小样贴在办公室以备自赏。

2012.3

一个朋友来，认真看了看，称赞道，哎这谁呀，这小伙子不错！

前几年，我们经常一起娱乐。有时候吃饭，有时候爬山，有时候看话剧，还有时候打拖拉机。这些于我是随性，对于她，我觉着，或许是她的“被格式化的生活”中一项有意义的安排。比如一次打牌，当时还在世的《中国作家》副主编杨志广老师来了。她刚刚给了他一部不错的小长篇，这次打牌其实是课间休息，或者给代课老师预备的点心。她又是那么勤勉。两年前改编王蒙的《青狐》话剧，可谓艰苦卓绝，脸都改青了，但她坚持不懈，大活儿都挺下来，往往笑到最后。有一次我4点多钟打电话，她说正在吃午饭。晚间她又发短信说，“正在下沉式广场和老头老太太们一起疯狂锻炼”。我说你真幸福啊。她说，瞧你说的，多凄凉啊——她的话使我忽然看见，一个女性在一座城市，在灯红酒绿的热闹间隙和来来往往的过场中，对自己必要的脉络清晰的安排。她再是小伙子，她也必须知道，如何在繁杂的生活浮浪下面，把创作、健康、安全放在首位，自己对自己负责。她必须把生活条块分割，排布有序。生活教会了她严格地善待自己。

树的划痕处，生长出枝芽；人也往往在受伤的地方生长出思想。这样看来，每一位长寿的老人都是智者。去年，她的《性情男女》在人艺小剧场排练上演。“我原来的本子比现代舞台上呈现出来的更有杀伤力。因为除了尖锐、毫不留情之外，还有痛——我自己有过一段难忘的婚姻情感经历。因此我是痛定思痛。”她当然对情感人生是有思考的。比如她说，“人都不坏 ，可都有毛病。接受，还是放弃，这是个问题。”“有时候，人就像一个坏了的时钟，越走越错。情感变得特别脆弱，一撒手，就没了。”——在她的调侃嬉笑背后，她其实是一座内敛力量的火山。调侃是她的遮面头巾，娱乐是等待的方式。她曾经说，除了质疑，她还相信，比如爱情。对于她来说，“人与人之间肯定存在一种真正的爱情。”

她出生于沈阳，像我所认识的所有东北女性一样，她有着北方式的热忱和勇敢。她身上有一种对人对事的浑不吝，爱谁谁。在男性话语时代，她自有一种女性的勇猛、霸权和不怯阵。所以她的《春天的二十二个夜晚》是指向男权的利刃，一旦着了招数，必然刀刀见血。

我也看见在某些瞬间，她也是青春和女性的。她的状态那么年轻而饱满。一次开会，她穿了圆点的柔软的长裙，顾盼流连。但这些绚丽的绽放的瞬间，很快就被无数个社会化的她的侧面淹没了。正如无数个镜子相互反映，原来那个原型反成空白。

她也是直率的，说话直奔人心尖去。并且直率得毫不掩饰。几年前，《中华文学选刊》鼓励新人为拙作《青春晚期》举办了论坛。她在会上当着我面说，“你别看她是温和的猫，有时候猫爪子会忽然伸出来，挠人一道血印子。”还有一次我们几个打牌。结果由于我，打到钩的时候被一钩到底，跌入耻辱的深渊。我方除了痛苦地大拍其案外，别无他法。第二天我的邮箱里忽然传来坤师下载的“拖拉机”游戏电子版。她的潜台词显而易见：要不，您再练练！

徐坤：作家，北京作家协会副主席。著有《白话》、《热狗》、《先锋》、《厨房》、《狗日的足球》、《午夜广场最后的探戈》等。《厨房》获第二届鲁迅文学奖。

雷达：怀念伸懒腰的日子

雷达是西北人，说话西北口音，鼻音很重，带着大唐西域的雄浑之风，从1994年我认识他起，他就热情地把“徐虹”称作“徐浑”。很多时候，他在主席台上主持会议，远远地招呼——“徐浑同志快坐下”，“欢迎徐浑同志”。我极力纠正过几次无效，自知传统文化根深蒂固、源远流长，过了磨合期，也慢慢听之任之起来。

雷达是文学批评界的前辈，元老级人物。我最早知道雷达的名字，是1994年解放军文艺出版社组织一干人等到某炮兵营，开一个年轻战士的作品研讨会。事隔多年我仍记得雷达的发言。他在给予较高评价之外，说到有些部分还很稚嫩，“还停留在素材阶段”——“还停留在素材阶段”，这话说得多专业，多有趣。推而广之，当下许多文艺作品，如果仅仅平移生活，提炼不够、萃取不精，成为照相式的截取或者日记式的笔录，其实全在素材阶段，或者永远停留在素材阶段。我认为这也是评判文艺作品高下的分界。

还有一次在文采阁开会，一个颇有声名的女作家迟到了，径直走到主席台雷达旁边坐下。我旁边一老一少两位文人耳语。老者道：这谁呀？这么自信。少者道：这是谁谁谁。她怎么能坐在雷达旁边呢——人家雷达多少年了？！

雷达在研讨会上说话，基本上是肯说实话的。会上各种调门都有。有些好话听起来，基本属于没有迂回也没有技术含量的吹捧，算是恋爱中鼻子碰鼻子的直吻。钱钟书说，奉承与恋爱一样，都是不能有旁人在场的。但我们这些人开会听多了，变得十分麻木，没有什么恶心感。雷达说话，我们还确实乐意认真听一听。他对作品的鼓励当然也有，但话里的骨头也是有的——虽然话说得婉转，有充分的技术含量，且由于各种场面见多识广，熟知拿捏针灸的分寸，但毕竟，棉布包裹的石头还是石头，经过处理的实话还是实话，那些话未必中听。按他自己的话说，忍着忍着，还是忍不住，要说出来。如果说这是基于批评家的良知和责任，未免过于高远。这或许又是基于传统文化、地方风物的熏染——西北人到底是直性子，有股硬朗蛮强之气，所谓本性使然。虽然这些场合，说昏话并没有人追究，又买好，又有人情。当面说实话，还是需要勇气的。

很长一段时间，我一直觉得雷达德高望重，盔甲包裹，不露真相。有一次开会之余大家玩保龄球，正巧与雷达一个球道。按规矩，一人打毕，大家击掌以示祝贺，真的假的都说，太好了太好了。恰有一位打成“双沟大曲”，灰头土脸地下来，雷达笑道，太好了太好了——这我就放心了！边作幸灾乐祸状。又四顾道，其实你们都这么想的，就是不说罢了。我看此雷达与彼雷达反差很大，叫他“老顽童周伯通”。这次玩笑成为以后交流的一个开端，时常给他打个电话问政。后来他说起那次打保龄球，进一步引申道，其实一个人对于没有和自己形成竞争之势的对手，都是宽容的，友善的，乐于援助的。但一旦发现对自己形成威胁，就完全不同了，这就是人性。所以，你不要对他人抱有太大的期望。退到最后，其实还是自己和自己待在一起。他话越说到后来，越显得语重心长。

这让我想起，雷达曾提到的一部中篇小说《起风了》中有一个情节：出租车司机图省事，把她放到了二环路内侧的边缘上。那天过街天桥恰恰封闭了重修，来来往往全是晃眼的车辆。她也不知道怎样到了这么一种境地……远远近近有许多人，广告牌上闪亮着“人文关怀”的标语，但是在最关键的时刻，他们都与她咫尺天涯，没有一个人能够帮助她……雷达在研讨会上评价道：“生活中不是有很多次，我们被人放在了二环路上吗？”话说得轻松，却让我窥见了他对人性的悲观。

其实他的内心是向往自由的、散漫的、随性的、童心童趣的、口无遮拦的。但他像很多人一样，在江湖行走，难得有放松的一刻。似乎记得他在一篇文章中说到“读书”。大意是：因为搞评论，现在读的书都是必须读的、却不愿读的书。“我更怀念在图书馆，斜靠在房间一角读书，或者累了，伸个懒腰，左右看看，图书馆要关门了，人都走空了的那个时刻……”

雷达：评论家，享受国务院特殊津贴专家。曾获鲁迅文学奖。著有《民族灵魂的重铸》、《蜕变与新潮》、《思潮与文体·20世纪末小说观察》、《当前文学症候分析》、《重建文学的审美精神》等10部。

徐小斌：魔女下凡

如果你单听徐小斌的声音，会以为她是一个20岁的少女。而见了面，会发现她成熟饱满如伊丽莎白·泰勒。她冬天烫着发，穿一件质地优良的呢大衣，披肩必定是孔雀毛一般的迷幻颜色。她说话眯着眼，带一点神秘，让人想起吉卜赛人里擅长占卜的女巫。有一次吃饭，她披风带雪来了，进门就像前苏联电影里的女主人公一样，跟朋友们拥抱，叫亲爱的。在座的张颐武笑道，你们瞧小斌像不像十二月党人的妻子，要追随丈夫远赴西伯利亚！我们笑得嘎嘎的。跟她说话极其随便。她跟我相隔十来岁吧，但我从来都叫她小斌小斌的，因为没有感到年龄的差距。她身上散发着一种很女性化的活力。我开玩笑说她“可以恋爱到80岁”，她也认，也不生气。

她内心深处仿佛有一种对魔幻的崇拜——魔幻的，神秘的，不可知的，又带着女性的偏执和刻毒。这些看看她的小说就知道了，因为文章往往是一个人的心理图解。她上个世纪八九十年代写的《对一个精神病患者的调查》、《敦煌遗梦》、《双鱼星座》都是这个调子。长篇小说起名《羽蛇》，也颇有一层神秘意味。她写《德龄公主》，把一个在慈禧身边伴君如伴虎的女孩写得彻骨地透，绝对“下得去狠手”。有一次她跟我说，她喜欢埃舍尔的画：一对僧侣上楼，另一对僧侣下楼，但是上下楼的僧侣实际上是同一队人，界限的消失使貌似对立的两极融合在一起。她也喜欢巴赫的《音乐的奉献》，利用“无限升高的卡农”，即重复演奏同一主题，然后神不知鬼不觉地进行变调，使得结尾平滑地过渡到开头。我认识她至少有10年，一次一次慢慢跟她深谈下去，会发现在所有的神秘外壳下，她其实是伤痛的。她的世俗装饰把她的创痛包裹得异常完美。

她曾经对我说，童年记忆尤其是阴暗的记忆对于一个儿童几乎是烫伤的烙印，它开启了孩子的天目，使他们能够看见常人看不见的一个隐性世界。“比如博尔赫斯、荣格、普鲁斯特。英国女作家夏洛蒂·勃朗特也是一个——看看她的自传体小说《简·爱》。”她自己的长篇小说《羽蛇》里也有类似的情节：一个小女孩被她母亲忽视和厌弃。那一天晚上，她在幼儿园里又冷又饿又无助地等待母亲来接她。但母亲来得那么晚，来了又对她那么严厉。话虽没有直接说，但我是知道故事背后的意味的。

有一次她跟我说，一个人的心里最痛的地方是不轻易示人、不可触碰的。我以为，它们留下的印迹会像毒素一样，缓缓地释放在小说里——每一个情节，都是心灵开放的瞬间。我想这就是那些情节的答案。

但这不等于说她餐花饮露，不食人间烟火。小斌有非常率性和豪放的一面。2000年，我们几个人去昆明笔会。郊外的地上铺着塑料布，远处是田野和庄稼。他们用塑料桶灌满当地的一种米酒。那酒先喝着没事，慢慢酒劲就上来了。小斌完全糊里糊涂地不知情。她表现出一种男人般的豪放，拿着大碗，一口一口地当水喝。喝多了，就在溪水边隔着河，与当地的宣传部长对起歌来。她嗓子又高又亮，唱的全是五六十年代的情歌，唱得又那么动情。同去的王朔立时笑翻了，强压笑颜道，徐小斌你瞧你的脸，怎么脸红得跟你的眼镜框似的！我们这才发现小斌的眼镜框果然是紫红紫红的。她的率性也表现在她交女性朋友。你要跟她谈得入巷对路，立刻跟你亲如姐妹。但如果对不喜欢的人，她的话也绵里藏针，一针就正中要害，完全能够扎出血来。

我跟她常常夜半通话。我谈起婚姻。她跟我说：荣格曾经说过，对于一个真正的艺术家来说，婚姻是一种世俗的装饰，社会生活也是一种装饰。它使一个癫狂边缘的艺术家回归现实，不至于太过疯狂。荣格有很好的婚姻，也生了三个孩子。所以一个艺术化的人，是需要装饰的。我也因此认为她是真正艺术化的。

她的艺术化有时候会迷失自己。她在一篇随笔中写：自己的世界有如一面魔镜，人在面对自己的时候，其实是在制造一种骗局，一种把自己也骗了的骗局。走入那面魔镜是自欺欺人的开端。可怕的是，通往魔镜的通道有去无回。那面魔镜，实际上就是个人心灵的秘密通道。所以，为了不迷失自己，她是一个需要“生活化装饰”的人。

徐小斌：作家、编剧。主要作品有《羽蛇》、《敦煌遗梦》、《德龄公主》、《双鱼星座》、《迷幻花园》等。曾获首届鲁迅文学奖。代表作《羽蛇》被译为英文版在全球发行。

孟繁华：文人加饮者

老孟大高个，鼻直口方，声音浑阔。东北人，能喝酒，能说笑话，性情偏于豪放，属于直性子人而被社会化了——可以想象，粗粗拉拉的老孟被社会工厂的流水线打磨和加工之后，残存的难得的身段、款型和粗糙感。冬天的老孟显得更加粗粝和雄壮。岩石灰毛衫、深色牛仔裤的形象，让人联想起雄鸡一唱的华丽和风头。老孟是文学批评的重镇，早年在中国社会科学院文学所任当代文学研究室主任，修现当代文学史，干过许多大活，比如《中国二十世纪文艺学学术史》、《中国当代文学发展史》之类。他最近几年忽然境界提升，择地而居，跑到沈阳师范大学文化与文学研究所做特聘教授，兼任中国社会科学院、吉林大学博士生导师。所失喧闹，所得清闲。每逢回北京开重要会议，开场白必定以赵本山的口吻道，干啥耶，俺们满洲里人进京开会哩！沈阳那疙瘩生活还是不错地。态度显得特别恳切。我很喜欢这一台在“正襟危坐们”中间自嘲的轻喜剧。当然没人会把他当沈阳人，还是非常重视他的存在。比如人民文学出版社每年搞一次“当代年终最佳小说评选”，老孟每年都隆重出席。一次席间，与老孟小坐谈话，恰逢评论家阎晶明路过招呼。我说咦，您这身西服怎这体面！阎晶明以卓越的政治智慧兼顾左右，眼睛看着我顺嘴道，那当然，不能给孟老师丢人哪，谁都知道咱是孟老师的兵！话虽朝着我说，效果当然是旁边的老孟大笑起来。那一幕话剧比《茶馆》生动得多。《茶馆》属于上个世纪，对话和道具缺乏当下性。而这瞬间生活的戏剧化，使得我们的现场成了舞台——其实生活一经剪裁，也就是现成的话剧吧。我是想说，由此可见老孟不怒自威的江湖地位之一斑。

最早见识老孟，是非典之前《文艺报》在石家庄开一个“文化时尚化批判”论坛。大家冒险来开会，对广东来的同志仍然同吃同住，没有禁忌。像所有的论坛必定跑题一样，“文化时尚化”主题因话题过于宽泛，被同去的人称为主要研讨“时尚与高尚、流行与流氓、教授与禽兽”的关系。我和《文艺报》刘颋住一个房间，她当时还在跟王山恋爱阶段，我俩无所不谈。当晚，老孟率领几个人去喝酒。第二天我和刘颋打趣他道：孟老师，是不是去约会了？说真话！老孟不理解地看着我俩，诧异道：是啊，那当然啦，要不咱来石家庄干吗来啦？老孟之幽默玩笑风格大致如此，人也好玩，也坦荡。

老孟喝酒是有名的。一次在华西村开“农村题材作品

2012. 2. 08.

研讨会”。会后，一干人等走回住地，四顾举目四野。老孟一向高谈阔论，是谈话中心，但忽然不见了踪影。知老孟者言，不会偷着喝酒去了吧。一会儿，果见一个高大黑影远远走来。走近一看，老孟风尘仆仆，左手提的是一大塑料兜啤酒，右手提的也是一大塑料兜啤酒。

我体察，老孟受苏俄文学影响至深，看重工人阶级的文学。他在心灵深处，不那么喜欢小资、小布之类的都市甜点，至少觉得那些玩意儿都是小儿科，没多大劲。也许对于男人来说，文学中真正有力量的东西从来不是恋爱，而是恋爱所服务的一切，比如生存、地位、尊重和威胁，是血和死，是危机与阴谋，是一种真正的敌人间的抗衡。他们觉得那些东西才够过瘾。所以老孟对我等的写作虽也写批评文章，但归根结底，他基本上是重口味的。一次我们大家吃过饭，几个人又饭后小饭。老孟喝着酒，对刚获得鲁迅文学奖的温亚军说，你写得好。温亚军的风格属于底层写作，文风扎实，不讨巧、不张扬，但很残酷。看得出老孟说的是真话。他酒至半酣，用残余的精力顾及到我说，其实徐虹啊，要朝着《我和病人的秋日下午》这种重口味的方向写啊！虽然亦喜亦忧，但我觉得酒后真言的老孟人大体还算不错的。

及至最近几年，他忽一天电话我说，他所主编的《2011年中篇小说年选》中收录了拙作《逃亡者2》。令我备受鼓励！又逢在第八次作代会上欢聚，一次老孟喝醉了，横卧在餐厅休息区的沙发上。但醉中还叨念着“桃儿桃儿”的字声。我凑过去仔细一听，居然是“逃2”、“逃2”。我着实吓了一跳，不想老孟忽然坐起来，半醉半醒道：“‘逃2’口味重。你要继续写啊！”而我已惊得张开嘴半晌合不拢来。

孟繁华：评论家。中国当代文学研究会副会长、北京文艺批评家协会副主席。著有《1978：激情岁月》、《梦幻与宿命》、《中国20世纪文艺学学术史》（第三部）、《传媒与文化领导权》、《想象的盛宴》、《中国当代文学发展史》（与程光炜合著）等18部。

陈祖芬：在命运里抽彩

一个人有一个人的黄金时代。在时间面前，人们永远同病相怜。

陈祖芬的黄金时代在上世纪80年代。她早期的报告文学，如《祖国高于一切》、《青春的证明》、《中国牌知识分子》、《挂满问号的世界》风靡全国，洛阳纸贵。在改革开放初期，她以一个理性而新锐的报告文学作家的姿态凭空一跃。

实际上，她毕业于上海戏剧学院戏文系，人是属于非常艺术化的、激情型的、思绪不能安分的、童稚化倾向很重的、完全不能从政的那种。我看过她在上戏时的照片。人确实漂亮——是那种带着正统基调的、端方的、茁壮的、健康的漂亮。此后二十多年，她长年梳着靳羽西式的短发，穿T恤衫运动鞋，好动敏思，爱说爱笑，想哪儿说哪儿。她的一个句子里，有质量的字眼、感叹词和嘻嘻哈哈常常三三均分。往往，女性一德高望重，难免演化成武则天，一身正气里藏着玄机。而她到了常人所说的德高望重的地步，说话基本没有深思熟虑、语重心长，也不会春秋笔法、旁敲侧击、皮里阳秋、点到为止之类。她清澈见底，率性得很。

余秋雨是陈祖芬上戏的同学。一次，两人在深圳的酒店同乘电梯。电梯是最不人性化的都市发明。在狭小的空间里，人不能不严肃和收敛。于是两人目不斜视，竟然没有相认。一会儿，余秋雨打来电话：没敢认你——我从来没见过不笑的陈祖芬。

人生不如意事常八九，她却热爱音乐舞蹈，采风旅游，爱穿搭扣襻的布鞋，热衷于做洋娃娃，是一个盲目的乐天派。她看见咸鸭蛋里有油，觉得生活还是不错的——幸福不就是喝粥时能吃上带油的咸鸭蛋么。北方俗话说，幸福莫过于“躺床上啃鸭梨”。咸鸭蛋正是粥样生活的华彩。她买机票，正巧旁边有个空坐位。“一张票买了两个坐位”，真是上天惠顾！她眼睛做了手术，听觉发达，触觉敏感，她也觉人生惬意。她有一种“傻乐傻乐”的素质。反正幸福都是盲目的，或者说，能盲目才能幸福。因为所有的幸福，都经不住清清楚楚、条分缕析的深想。

有一次，她忽发奇妙设想：人应该倒着活——先过老年，满脸皱纹，满头白发；再过中年，为子女操心，为父母尽孝，为工作奔忙；再过盛年，伉俪成双，有婚姻，有爱，有青春余韵，常有爱的节目和欢宴；然后再过青苹果一样的少年，带着观望世界的蒙昧表情；当然，最后再做婴儿，回到妈妈的身体里当小宝贝……人生规律假设如此，世界将有了喜剧的基调。“如果人生可以在悲观与乐观的活法中选择，我会选择‘由老往小活’。”

这个设想虽然不能完全实现，却可以部分地实现。比如越老越有童心，朝向年龄与心态的两极。她的素质中，确有一种异于常人的纯真童趣。几年前，她出版《足球娃娃》，书里有50个身着足球盛装的娃娃。每一件足球时装，都由她设计缝制。她自己说，我最喜欢玩具。每到一个城市我都去买娃娃，我像个旧式女人，一夜一夜地用针用线为自己的心爱宝贝缝制衣服。

她在一篇文章中说：从表面看来，某个作者看上了某个题材在瞬间完成，好像没什么可分析的。但是，如果心理过程可以用慢镜头放映出来，就可以看到，所谓“一下看上这个题材”，和一见钟情一样，是集中反映性格、素质的。

心理学中有“有选择地注意”一说。所以她也能看见许多童心。她与钱钟书先生的渊源，是来往于他们之间每一年的卡通贺卡。她精心制作的各种有趣的卡通贺卡，使钱先生的童心被大大激发了。钱先生曾写信给她说，我的贺卡可没有那么好，不能和龙王斗宝……她眼里的王蒙，也不是常人所看见的聪明、深刻、经验和政治智慧、丰富阅历与洞察等等。有一次她问王蒙属相。狗。王蒙说，很抱歉，原来本想属得雅一点的。而她记得，王蒙下放新疆16年，自己最得意的事就是在麦子地里，用维语大声朗诵《纪念白求恩》。她在他的丰富的性格里抓住了最有趣的一面——以她看人的取向，也可以反观她的为人。

记得《人·岁月·生活——爱伦堡回忆录》中有一句话：人的命运并不是按照棋路下的一局象棋，更像是抽彩。她的人生没有太多设计与机关，而以最简单的方式抽彩。

陈祖芬：中国改革开放以来的第一代报告文学作家，北京作家协会副主席。上世纪80年代著有代表作《祖国高于一切》。

何建明：以笔为旗

一个人可以改变另一个人的命运；一支笔可以改变一个群体的命运，这是多么具有挑战性的事情。报告文学作家何建明意识到这一点，写作的起点和使命都变得不一样了。其人外表，高大威猛，落拓不羁。永远背着大包、拿着电脑，永远地神色匆匆。“国家叙述”对于他来说，是何等宏大又何其沉重。在他看来，一个作家的表达技巧固然重要，更重要的是在文学之外了解中国社会，由表及里地进入时代的最前沿和最深层，并由内而外地把最核心的部分传达出来。

何建明从1978年写作第一部报告文学《湘西探险记》至今，这种艰巨的工作已经进行30年：2000年，《中国高考报告》获全国优秀报告文学奖，被改编成电视连续剧《命运的承诺》，两度编入日本大学教材；2002年，《根本利益》获第六届国家图书奖、第二届“徐迟报告文学奖”，被改编成电影《信天游》；2004年，《部长与国家》获第四届鲁迅文学奖、第三届“徐迟报告文学特别奖”，被改编成30集电视连续剧《奠基者》，成为中央电视台国庆60周年献礼片；2008年，24集电视连续剧《国家行动》在中央电视台一套播出，《落泪是金》同时被改编成22集电视连续剧——他的笔触涉及教育制度、官场腐败、石油精神、三峡移民，以及执政为民的新时期共产党员典型、汶川地震时地方政府的救助和建设工作。他更像一名战士，持续多年保持着高度的激情与战斗力。他以笔为旗，指向中国当代社会状况的最前沿阵地。

何建明认为，报告文学有两种写法，一种是歌颂，一种是批判。批判固然是对国家与民族的忠诚，歌颂也是对人民和大众的真诚。关键是：要接近真相，要讲真心话。这两个要求，做起来何其难也！他以敏锐的视觉和高涨的热情，不停地记录和颂扬着我们的改革开放成果，同时也以强烈的责任心和使命感以及忧患意识，承担着批判和揭露那些在变革中呈现的丑恶现象与不正之风。他的笔固然是成熟而老辣的，如刀，挑开社会顽疾而刀剜斧凿，然后内驱力却是源于一味单纯的赤子之心。他由衷地期待这个国家更好，并愿意身体力行、为之奋斗。关键是，这是他的真心，他的信念没有改变过。

他说自己是“劳动人民的儿子不怕劳动”。他的劳动是什么概念呢：30年里，写了40多部书，其中有8部改编成电影电视。这些作品如果叠起来，快到他胸口那么高。“我从来不是一个每天可以支配时间的写作者。在我记忆中，我最长的写作时间是春节长假、国庆长假、五一长假。我太羡慕那些整月整年可以有自由时间的专业作家。”

他数不清自己到底采访过多少人。一千？一万？我想肯定是有。一部《落泪是金》跑了40多所大学、采访了400多个当事人；一部刚刚出版的《东方光芒·东莞30年改革开放史》，仅采访本就有6本，前后去了5次东莞。采写《国家行动·三峡大移民纪实》，仅走一次三峡工程沿线就得用10天时间，他去过3次，采访移民不下百人。《根本利益》的主人公只有一个人，但采访与他相关的有70多人，座谈会就开了12次。写“5·12”大地震的《生命第一》，仅地震灾区一年中去了4次，见过多少尸体他自己都记不清。在《部长与国家》的写作中，他连中国石油的海外兵团都采访到了。为此业主还为他包了一架小飞机前往苏丹的达尔富尔。当时苏丹内战，刚刚绑架了9名中国人。他成功返回后朋友们还在为他后怕。可以说，他是冒着生命危险去采访的。“这30年里没有完整地休息过两天——电脑和采访本、手机，成了我的亲密爱人。”

他的性格基因中有一种叫做奋斗不息的东西。这种动因使他不能停歇，不甘平静，不愿享乐。他必须投身到伟大的洪流中去。进入风起云涌的社会生活，他才感到：在活着，在工作，在做着有意义的事情。

是什么对他有着终生的影响？他说，一是《钢铁是怎样炼成的》这本书。“保尔一直是我的偶像。在我的性格中，很多东西都是跟保尔学的。从当兵、当作家，甚至恋爱，都跟保尔有很多相似的经历。”一是黄宗英的报告文学《小木屋》。他从读了这篇东西起，就向往成为一名报告文学作家。

何建明作为中国报告文学的领军人物，他一直在思考如何使报告文学这一文本更加完美和成熟，并更多地影响读者、影响今天。“我认为，报告文学作家一是不要怕吃苦，二是不要怕担责任，三是不要怕写作的难度。‘国家叙述’实质上是要承担大使命。报告文学作家既是国家时代的记录者，也是人民心声的呼吁者。要勇于把自己打磨成肯担国家叙述大任的作家。”

对于当前有些所谓报告文学，永远纸上谈兵，一写就是距今六七十年甚至更长时间以前的事情。当事人死无对证，作者可以随意编造——按小说编故事，所谓的好看精彩其实是对读者、对历史、对报告文学本身是极大的伤害。他很不以为然。

2009年，何建明在担任作家出版社社长的同时，被任命为中国作协党组成员、中国作家出版集团党委书记、管委会主任。他认为，作家是干什么的？作家无非是要写出自己满意的和大众认可的作品。我们现在写出这样的作品来了吗？我们写了，我们自己满意甚至是陶醉了，然而大众却对作家不能满意，甚至失望而疏离。面对这样的现实，作家们需要回答，需要行动。因此，“真正的作家，就该多写作品，写出好作品，其他的都不是我们的擅长。我们可以期待公众们原谅我们在其他方面的幼稚、弱势甚至是狂妄自大或天真无知，但我们却不能原谅自己拿不出好作品贡献给自己的读者和社会。”

“人民需要我们这样的生命：永远充满活力，饱含深情与忧愤，展现独特思谋和见解，爱得彻底，恨得干净。”

何建明：新时期最重要的报告文学作家之一。中国作家协会副主席。代表作为《国家行动》、《根本利益》、《部长与国家》、《落泪是金》、《共和国告急》等。

高洪波：与鸵鸟对视

我对一个能够和孩子做朋友的人总是心存敬意。孩子是魔鬼的照妖镜。大人对皇帝的新衣之类的荒唐玩意儿隐忍不说，固然是出于生存的必要，也因为他们经过了长期而反复的烙烫，身心内部早打上了世态的暗格。但孩子不是。孩子的思想，哪里拐得了那么多弯曲。他们对世界的反映，如乒乓球打到墙面上，只按照物理角度飞。大人们则是一面凸凹不平的墙，使乒乓球乱飞，朝不知道的角度飞。所以一个多么叱咤风云呼啸江湖的男性和一个多么翻手为云覆手为雨的女性，如果遭到了孩子否定，总是多少有些讪讪的和惭愧的。台球才是成年人的游戏。

钱钟书在《写在人生边上》里说，“门是人的进出口，窗是天的进出口”，可说是一种非凡的童稚式的思维和表达。“童心是上帝对一个人最大的恩赐”。一个成年人历经超过半个世纪的世俗洗礼之后，还忆得起孩子的思维方式，并且在按照这个方式与孩子对话，是多么难得的事情。儿童文学作家兼文化官员高洪波却可以。

高洪波身为文化人的管理者，每天都需面对细密的思维和繁冗的人事，目睹生存之残酷，倾轧之纷杂，以及人生的各式哲学与各类艺术。他却大智若愚、大巧若拙，以愚化智、以拙化巧，并且在这样斑驳复杂的语境下写出《鹅鹅鹅》、《波斯猫》、《我喜欢你，狐狸》、《醉界》、《人生趣谈》、《我想》、《与鸵鸟对视》、《火晶柿子与小猪》等单纯如水的童话。这本身就是一个神话。他的更神话之处在于，在这些文字背后，他确实可以重新拾起多年以前的少年时代的“与鸵鸟对视”的趣味与思绪。他的相貌似乎也带着童颜。

吾家小女两岁时一日吃饭忽然感叹：“宝宝长大啦，可以吃豆啦。”又冬日公园玩耍见风筝坠落即起兴道：“不好了不好了，风筝挂在树上啦。”对这样富于抒情的却一刻不肯停歇的孩童，我试着拿着高洪波的《火晶柿子与小猪》——火晶柿子自愿留在树上，以耐心酝酿甜蜜，为冬天的生命而存在——诱导解读之。他的故事和文字，果然对孩童有一种吸引与安稳的魔力。它比大灰狼和猪小弟更富于哲理与想象，比白雪公主和拇指姑娘也要本土化与乡土风味。当然，吾家小女努力解读了一阵后终于大嚷着回落到“我要吃火晶柿子，我要吃火晶柿子”的现实功利上了。我却为高洪波的“炫极而静”、“繁极而简”而感动与震撼。

作家徐坤说，高洪波这代人，完全是新政权诞生之后出生的一代新人，没有上一代文人知识分子在政权更迭和代际转换之时的内心纠结。他们出生伊始，大脑中的程序就已经被装置好了，只需听从命令，热情歌颂便是。然而，高洪波的创作与那些单纯的“歌德派”迥然不同。由于“文革”乱世中家庭曾有受冲击的伤痛经历，少年高洪波奉清代大师龚自珍诗文为圭臬，文字中处处有龚氏文中的“避”：“避席畏闻文字狱，著书都为稻粱谋”。也有龚诗意象里的沉郁顿挫的“剑气”与“箫心”：剑气多慷慨，而箫心常缠绵——是谓画魂。

据说，他以儿童文学作家的身份初登文坛是女儿的诞生、初为人父的喜悦使然。然而身居高位后，高洪波又选择了软着陆于童书写作且是低幼写作。这不是偶然的，而是他周旋于群僚之中缓释生存压力的一次非凡努力。以赤子之心童真之气，来平和与中正俗世烦扰与喧嚣。他的散文，也见着真性情。一个宽厚、坦荡的赤子之心毫无保留地展露。散文集也往往被冠以《心帆》、《青春在眼童心热》、《说给缪斯的情话》、《悄悄话》等炽热的名字。他在《太阳很足的晌午》一文中，曾抱怨自己“为杂事困扰，远远地疏离了我钟爱的儿童文学”。因为他不甘心让爱心与诗心与童心“沉溺于琐屑的杂感里，被忽而激愤忽而冷峻的意识所左右”。他知道，虚妄的泡泡飘摆不定，但事情总会回落到它应该的位置。那个最本质的落点是属于童稚化的、单纯的、原初的、没有杂质的世界的。

评论家雷达说，高洪波的优势在于——他信任生活，热爱生活，感谢生活，一任人本主体在生活中浸泡，吸纳，感悟，升华。从根本上说，这是他的天性使然。他兴趣广泛，好玩好动，好奇心强，打乒乓，下象棋，游泳，玩古董。他的热烈、醇厚而童稚的本性即是他在不断追求艺术人生。

这个世界的人或者可以分为四类：智慧而且仁慈的，比如刘备；智慧但是不仁慈的，比如曹操；不智慧但是仁慈的，比如鲁肃，诚信愚钝，永远是一个好人，也仅仅是一个好人；不智慧而且也不仁慈的，生存的利益永远大于内心的主义，道德束缚不住内心的私欲。时代的风尚怂恿着他们的产生，也纵容他们的成长。有时候甚至也包括我们自己。这时候我会对那些心怀童稚之心、赤子之心的人，如高洪波者，心存感激。

高洪波：儿童文学作家、诗人。中国作家协会副主席。著有《大象法官》、《鹅鹅鹅》、《吃石头的鳄鱼》等散文随笔集30余部，评论集《说给缪斯的情话》等。

李敬泽：信马由缰

网络上玩微博玩穿越玩魔幻，为什么不玩点更有智力含量的？如果真能实现时间穿越，或者由于某一种魔力的驱使，而使当下活跃在社会舞台上的人们，还原于1966～1976年，你能知道谁是只顾东躲西藏保全自己没有能力攻讦旁人的，谁是我本良善却迫于压力最终跌破道德底线的，谁是出卖者卑劣者侵犯者施暴者但情势一变仍能适应形势时时走红的，谁是没有主义只有利益随波逐流有奶就认娘的，谁又是沉默着的大多数中的一员——我们可以猜猜看。这是最有趣的也是最有现实意义的一场穿越游戏。别的我不知道，但我知道当然会有上中下左中右。人性的优长和弱点会在极端情况下被逼仄出真相。平常那些哈哈哈的客套和硬性规则全是瞎掰，归根结底，文化感、道德感才是内在束缚力。那些血里骨里的东西才会在关键时刻发挥作用。因此“文化是民族的血脉，道德是精神的家园”这句话确实不是瞎说的。

我看身边的很多人都感犹疑。他们会是谁？他们会怎样？他们会不会忽然转过头去像变脸川剧一样闪电般地，花脸变黑脸、红脸忠贞变成白脸奸佞？这时候的世界往往魔幻了，人们被笼罩着溢彩流光的霓虹灯，浑身上下闪烁着怪异的光环。脸是蓝的，头发是红的，肢体是绿的，身上是透明的橙黄。但我觉得李敬泽变化不会大。我一直认为他骨子里有一种诚实、恳切的基因。这一种素质，使得他的本相不经修饰、才华不经掩饰、态度不经装饰。他有一种世界任我爱谁谁的劲头。他理所当然地高傲自尊着才情四溢着并且把它们原封不动地张扬出来，只求一种内心的通透感。他在文学之历史与现实的接口处工作。那些纷繁的存在如一个个镜面反照着他，使他一动作，他们也跟着动作，中间的那个真相的他反成空白。当然，他也会以语言技术预先处理道德将遇的危机，像一个司机在狭窄处遭遇冲撞一样，他早已预见并竭力避开。即使真的逼仄到必须考问道德这一步，我也相信他的德行中的诚实度、纯粹度。

我是从《看来看去或秘密交流》、《河边的日子》、《冰凉的享乐》集子中得到这个印象的。正如他们说的，“随便翻开一页，都有可能被带入清香氤氲的梦境，那些曾留存于故纸堆或传扬于现世的人与事，那些自然而然地被忽略或浑然不觉地被漠视的人生场景，都经由他的文字变为趣味的载体和心性的表达……本来疏松的枝枝叶叶边边角角，一经拾掇，即显出密致的纹理和相衔的接口。”他的细密的才情，如同窗帘上的叶片的暗影：树叶连结了枝蔓，枝蔓连结了枝条，枝条连结了枝干，许多根线条形成一个走势。它们顺着一个思路，通向一种解释。世界的谜面，就有了答案。

他当然有着众所钦服的、一流的才华，才华之外更带着“内敛的文字，飞扬的文思”，乃至“睥睨天下，狷介不群”。他说“小说是个野孩子”。他最钟爱的史书是《春秋左氏传》。他在十几年以前的青创会上说，“现在每个人都以为自己是创世纪……”他办公室里贴着切·格瓦拉的海报，他与他，那个傲慢地抬高着脸庞、抽着雪茄的悲情英雄，他们互相“看来看去或秘密交流”。他在《为文学申辩》中说“文学是万古江河，但是，在它存续的每一世代，在每一个‘此时此地’，它都是一种弱的、备遭猜疑蔑视的事物。所以，文学需要为之申辩，在申辩中领会它的价值，领会它的过去和未来，领会它真的精神和活的生命”。在《一个青年艺术家的画像》这首诗里，徐坤说他“骏马策动，进退于时尚风口和浪尖”。“你来历不清的卷毛激起青年们心中的火焰。你点燃你左右逢源滴水不露的香烟，将空心儿的赞美一圈圈吐向蓝天。”“你很有意义的小废话和慢条斯理的发言，构成各种庄严仪式上最重要的歌篇”，真谓活画。

有人说，如果把李敬泽看做一个批评家，那他无疑是给批评界增色。某种程度上也可以说是他“中和”了当今批评的颜色，改善了现今批评的生态——他给一片灰蒙蒙的颜色上带来了一弯金黄或者一抹新绿，给一片修剪整齐的草坪或庄稼中带来了一丛丛生机葳蕤的丛林灌木甚至杂草。读李敬泽的文字，我感到他使很多人正使用的一套文体和专业化的批评“话语”显得黯然无光。

如果玩穿越，我以为他是那个努力把自己整理好而没有兴趣去整理旁人的人。

李敬泽：评论家、作家、中国作家协会书记处书记。代表作有《颜色的名字》、《集体作业·实验文学的理论与实践》、《通往故乡的道路》、《纸现场》。散文集《看来看去或秘密交流》、《小春秋》等。

张颐武：血越来越温

颐武老实际上是评论界的少壮派，之所以称他为“老”，我分析一是因为他身材高胖，且戴眼镜，已初步显出了德高望重的趋势。行止做派，颇像未来的政协委员。二是因为他在评论界待的时间长了。从当80级北大学生开始就介入文艺评论，又是谢冕的学生，毕业留在北大中文系当教授，在京城评论界驰骋二十多年，算是一个年轻而资深的老评论家。尤其前几年，权威的评论家们一出场，必定有他。我们玩笑说他是“标准配置之一”，他哈哈一笑，并没有推辞。

颐武老说话，频率非常之快，语句之间很难安插标点符号。后一句话往往重叠了前一句话的最后几个字。思绪的衔接也纵横驰骋，令人应接不暇。如果说，他的语言堆砌是一棵长势复杂的树，很显然，他的思想会迅速由主干发端，历经迂回的沟坎啃节，迅速到达树叶的末端，稍适停留迅速返回，然后进行第二个轮回。所以我每次跟他谈话都要硬性制止他，但我也只能说，“这个话题，先谈到这里”。

语言是思维的外衣，名正则言顺；思想是整个海，语言是翻腾的小浮浪。由此可知他的充实而丰沛的内在。他的关键词当然是“全球化”和“后现代”。有了这些理论撑腰后援，当前任何的文化现象和思潮，都可以进入他的理论框架，且成为理论的事实依据。因此他必须对新兴的文化现象发言——无论是房地产、《黄金甲》、第三种生活、足球风潮，还是章子怡，加以理论之光关照。一次，他在一段话中对“章子怡和孔子”作了比较。不幸被网络写手断章取义，作了“孔子不如章子怡”的曲解，然后大肆传播，在媒体间形成了泡沫效应。他在电话中笑道，真荒唐荒唐。谁知道是怎么回事！其实如果熟知颐武老的说话方式，知道那无非是一则笑话，完全可以一笑置之，怎会认起真来。

颐武老赞美一个人，常常高调说，伟人哪，真是个伟人。评价一个人连伟人的影都沾不上却假冒伟人，常常说，我看这人不省油，不省油。他评论一个人进步了，常常说，成材了成材了。而最常用的当然还是“焦虑”这个词，“颐武老，最近忙得怎样？”“非常焦虑，非常的不堪”，是他的回答。

在许多次研讨会上，颐武老的发言总能引起沉闷的现场的会心一笑。以我的眼光看，老评论家们除了对作品本身的透彻解构以后，需要对书外的东西一眼洞穿。知道是谁拉的场子，知道在为谁说话，也知道说话的深浅分寸。所谓知道场面。那些对场面人物之间的勾连完全一无所知的人，往往会冒失和鲁莽。

有一次我们去长春，我、新华社曲志红和颐武老先乘飞机返回。快到北京，机上通知，因天气原因不能降落北京，需在天津降落。真的到了天津，有人急忙赶着下飞机，我和曲志红心神不宁。颐武老别看平时说话密集高频，这时候表现出惊人的冷静。他在旁边若无其事，假寐小睡。我叫醒他陈述了局面。颐武老十分坚定，“跟着飞机到北京，”他睁开眼睛说，“坐大巴多麻烦。你们俩少安毋躁！”又歪头睡去。他似有一种深刻的素养，这东西平常不显现，客套、社交、寒暄、敷衍，和所有市面上的人一样，但是在处理一些问题上，表现出受过良好的家庭教育，在骨子里有一种放松。他描述他的父亲，“对人生世事，非常的达观”。我可以体会他说这话的真实性。

有一次我和颐武老到一个朋友家里做客，他带了一瓶红酒。我们都笑他行为做派“很解放前的知识分子”。还有一次，与几位老师还有评论家陈晓明一起吃饭。晓明大师早年在英国留学，颇有《围城》中赵辛楣的风范。张颐武当场笑道，你看你看，由晓明兄给女性布菜就非常自然，一点不生涩，我们就不像！周围的人笑不可抑。我心想，颐武老也是那种当桌给女性布菜“很像很像”的人哪。

颐武老前些年血气更盛，这几年，尤其到了被称“老”的年龄后，他的江湖行走往往能够随机应变，规避风险，按他自己的话说，人都是趋利避害的，所谓“识时务者”。而我也赞同他的处世哲学。

张颐武：评论家、文化学者、北京大学教授。著有《在边缘处追索》、《从现代性到后现代性》、《新新中国的形象》、《全球化与中国电影的转型》等。

陈晓明：逍遥的理论家

晓明大师福建人，说话福建口音，南方人而头发板寸，将干练与斯文两种相左的气质和谐统一于一身。其人早年留学英国，温文有礼，博闻强记，做学问理性而刻苦，同行钦服，是一个真正的理论家。他研究先锋派文学思潮以及后现代文化理论多年，《无边的挑战·中国先锋文学的后现代性》、《表意的焦虑·历史祛魅与当代文学变革》、《后现代的间隙》几个大活儿下来，在理论界地位稳固。他在生活中的学术化口吻是常态，即使获《南方都市报》“传媒大奖”这样时髦的奖项，上台讲话时仍然那么学术化味道。他因努力完成马拉松一样的《德里达》专著并且进入冲刺阶段。因而每次谈话他都会深恶痛绝地谈到“那本该死的《德里达》”！

我向来见他不敢说话，偶有寒暄总是谈到共同认识的徐小斌。我称赞小斌的魅力，他也称赞，后来变成比着称赞。

但是称赞了三五轮之后就空白了称赞对象，陷入沉默，因为只共同熟悉这一个人。我想是因为他在理论的深海里潜泳，我在文坛的浮浪中漂流，彼此相隔，很难都找到谈话的突破口。忽有一次开会，他对我说起：女性写东西应该“狠”一点！我想理论家都是干大活的人，纵观当代女性写作的地图，又能够力举文字经典的千钧，当然嫌女性写作者成天情情爱爱，不够力度。

“那帮家伙写东西是很狠的。”当时他好像举了韩东、荆歌的名字。我辩解说女性对于心理的描述比男性具有天生优势。基于兴趣和所能，我着迷于那些大时代的普通人在普通生活中发生在内心的惊心动魄，生活的惯性，使得任何事件都显得稀松平常，惊险往往隐藏于皮肉包裹的内心深部。我期待希望在文字的部署中，不动声色地完成一项由表及里的偷窥与探视。他认真地听了后说，你有没有设想这样一个情节：一个人努力跨越一道壕沟，但是怎么也跨越不过去——这成为他心理的陷阱。他说这话的时候我却想起上世纪70年代《青松岭》中那匹受惊的马。它一到青松岭、看见那棵老榆树的深刻斑痕就惊觉狂奔——那即类同于他所说的心理陷阱吧。那一次关于心理陷阱的交流，使我觉得跟不食人间烟火的理论家也还可以说说话的。

晓明大师在人群中既不高调、也不低调，调子适中，为人随和，兴趣点专注于学术，因而跟大部分人都可以成为朋友。他说话使用频率最高的词语常常是焦虑、解构、暧昧、表意、叙事、想象和“后”，那些都是他理论之深海溅出的水星儿。在任何研讨会上，他都会很自然地将作品嵌入他的理论框架，作为他的“后”理论的例子。这就是理论家，因为理论家的理论无边大，绝不会局限于一部作品说作品，而是把它抓过来放入理论的框架。他发言、讲话、寒暄、调侃都潇洒和松弛，但内力还是用在学术的刀刃上的。后来他出场的时候少了，主要是他为了节省时间，一心一意钻到理论的沟壑里以致不能自拔。

近与晓明大师偶有邮件往来，他鼓励我应该多观察和学习，同时加强体育锻炼，也推荐最近该读什么书之类。这些邮件既有趣又有指导意义，每隔段时间就有一两封，它们成为我生活中的趣味，像沙漠里的一点绿色。有段时间我读了一些“文革”的书，联系现实中所见所感，跟他说起各种各样的矛盾。在我看来，矛盾并非仅是矛和盾那么单纯。矛盾是水面下的冰山，是多种力量较量的表层反映，当然也会掺杂理念之争、路线之争。我也跟他讨教对“文革”的看法，以及在政治、文人、权力角逐高度集中的矛盾纠集里，每一件事情的背后，都有多种成因、多种力量，也有多种态度和多种嘴脸。我甚至悲观地觉得，如果现在再有一场“文革”，仍然会有红卫兵、革委会主任和逍遥派。他还是专注于学术研究，对矛盾没有兴趣。因而大而化之，只简单指导了两个字：“不理。”他是真的不理，尽量减少矛和盾的力量耗损，难得糊涂，所谓“大拙破大巧”。我想他这样的人在任何矛盾的时候都是属于逍遥派的，有巧也有拙，只是不轻易露罢了。

陈晓明：评论家、学者、北京大学教授。著有专著《文本的审美结构》、《移动的边界》、《文学超越》、《后现代的间隙》、《表意的焦虑》等十多部。曾获“华语传媒文学奖”。

沉想与心经

江平：法学家的思与痛

江平在人生80岁的时候，相信胡适的话：不降志，不辱身，不追赶时髦，也不回避危险。他说，中国知识分子在特定的政治环境下，能够做到这样也就可以了。这“四不”我可以说是做到了。

1996年，江平在中国政法大学执教40周年，写过一篇《终生不悔·四十年执教有感》的文章。其中这样说：原先不明白为什么传统美德“礼义廉耻”中不写“勇”而写“耻”？后来理解，得耻者，不足也。勇有匹夫之勇，知耻之勇是最大的勇。

他说，只服从真理，只向真理低头！真理是没有阶级性的。不能说无产阶级必然掌握真理；下级可以服从上级，但并不能说真理必然掌握在上级手中；少数服从多数，也不等于真理必然在多数人一边。

树在划痕处生长出新芽，人的受伤处生长出思想。这些话语源于他的切肤之痛。江平一生中最难以磨灭的记忆是1957年被错划右派。那种撕心裂肺的精神磨砺，如一把钝刀锯锉于皮肉包裹的内心深部，并且前后折腾了20年。

在1957年他被派去苏联进行5年学习之前，他被告知作为“母机”培养。自以为带着桂冠回国，即步入天堂之门，步步高升、万事如意。但是回国后等待他的却是一顶冰冷而沉重的右派帽子。在37岁风华正茂之年，他从天堂跌下地狱。接下来是离婚，感情甚笃的新婚妻子，迫于政治压力离婚。“虽然当时不鼓励夫妻离婚——不鼓励离婚，又要求夫妻之间划清界限，在实际生活中很难执行。”更令他不能接受的是没过多少天，她又结婚了。“我正被过去的恩爱所折磨，她却表现得如此无情无义。”

1960年，他和一个朋友为给大队弄个护碾子的铁栏，去铁路上偷钢丝，却意外被火车卷到车轮底下，碾断了一条腿，几乎丧命，最终落下终身残疾。一算时间，这三件致命打击，连续发生在2～3年内。真谓漏屋偏遭连阴雨，破船又遇顶头风。

他是这样评价“反右”的：“反右运动结束后真是一片肃杀的气氛。可以说是‘不敢言，言不敢尽，言者有罪，闻者动怒’。”他曾经在反右20年后的1977年写下《反右20年感言》，深感“强闭喉舌”和“欲诉无门”就是20年心情的写照。接着他意味深长地说：“好在两年后，终于圣朝出现并给予了彻底平反。”

大起大落，跌宕起伏。历史的玩笑开得精准和过分，并

2010.1

且总是与愿望不偏不倚地恰恰相反，无法预料，也避之不及。

这不仅仅是个人的命运故事。经过岁月和时间，当大历史的潮涌终究回归于正常的轨道，作为个人却付出了惨重的代价——时间和生命。他把人生最好的30～50岁，最好的20年，作为了历史的牺牲。而他的牺牲，与隐匿于历史布景中的无数牺牲者相比，又微不足道。

他在这本书的序言中说：近30年来的学术成就与两人有密切关系。一位是李慎之先生。一次李慎之先生对他说：你们搞法制的，最终会发现法制的困惑在于政治，法制离不开政治，中国现有的政治制度，你们是绕不开的。“这句话促使我关心宪政，关心国家的政治制度改革。政治制度的改革，是中国改革的核心之核心。”另一位是吴敬琏先生。他赞同“对私权的侵犯，主要来自公权力的滥用”。他说，“从他们身上，我看到了中国知识分子的两个品质：一个是独立的精神，不屈服于任何政治压力，敢于独立思考；一个是批判的精神，以自己的学术良心，敢于批判现实。”

他努力超越无法改变的宿命，记得的灾难经验中的美好体验。他的学生贺卫方留政法大学任教，有机会听江平聊起过去。“他语气平缓，反而是一些体现人性美好的细节让他刻骨铭心。”

他没有被摧毁，或者磨圆。相反，愈挫愈奋。常常语出惊人，刀刀见血。在天算与人算中，他在自己可以作为的那一部分，力所能及地工作到极限。

“文革”结束后，被北京政法学院（中国政法大学前身）誉为“政法二才子”之一的江平成为稀缺资源。“从苏联回来的没几个人了，而且我在燕京大学学习过，有一定英语基础，又有一定俄语基础，还有留学的经验，学习过比较系统的法律课程，这在当时来说是很不错的。”

江平突破法律禁区，一上来就讲《罗马法》和《西方国家民商法》两门课，把私权利的观念引入了国内，让禁锢多年的思想和国际潮流接轨。

这期间，他主持制定新中国第一部民事法律《民法通则》，这部划时代意义的法律首次肯定中国人的私权，被国外誉为“中国民事权利宣言”。一批民事经济类单行法陆续出台，市场经济法律的盲区陆续补上。

这是一个讲求利益和娱乐的时代。在利益面前，谈着主义，这是一个理想主义者的初衷——大部分人的原初目标，随着江湖行走，渐渐迷失以至于忘记。并且，在利益面前，牺牲品质和原则，也是迫不得已。有时候堕落是不知不觉的——也许这是一个不识时务的选择。但这源于他生命深处。他知道在理性的层面，只有把被颠倒的颠倒回来，他的命运悲剧才能被彻底释怀。他相信那些浮沫和喧嚣终归是一种外部装饰，总会沉寂下来，而他的工作正直抵社会问题的核心，并且持久和镇定地给力。他要在刀尖上工作。

新世纪，他一直在发出声音。在去年1月“2011中国新视角高峰论坛”他开讲“法律视野下的财富”。他说，机会平等是财富获取正当与合法的来源。法律上我们要求的是富人和穷人在机会上平等，机会平等是民法的一个基本原则。但是实际上是结果不平等。

他的文章中提到一则故事：上个世纪30年代，在美国有一个案例：有一个工人在拿到了工资之后，又返还给雇主一笔钱。我从雇主拿了100美元，又还给雇主20美元。美国工会向法院提起诉讼，说这是不公平竞争。如果每个人，把雇主发给你的工资又返还给雇主一部分，别的工人就失去了同样的就业机会。这个案子在美国法院做出了判决。机会平等是美国宪法一个重要的原则。商品你可以买，服务可以花钱买。但是任何人都不可以花钱买一个机会。买机会也等于剥夺了别人的机会。

他说记得2006年社科院刘仁文教授写过的一篇文章《法学家为什么没有忏悔》中说，人们提的最多的是巴金晚年时的代表作《忏悔录》。它对“文革”和历次政治运动造成的伤害做了深入反思，切中了极左时中国知识分子心灵深处的痛，因而赢得热烈的回响。重温此书，却使我想起了一个多年来郁积在心中的疑问：为什么“文革”结束30年来，我们法学家始终没有出现这样的忏悔。他说我并不是要法学家们去揭过去的伤疤，人人都以受害人的身份去控诉，那太肤浅。我要说的是，法学家们作为一个研究国家上层建筑、代表社会良知和正义的群体，如果不对“文革”和它以前历次运动中的人性扭曲及其暴露进行很好的清理，就等于失去一个社会发展的活化石，就不能有效地为他以后的思考指明方向。

他说自己最喜欢的诗是《临江仙 · 悲歌》：千言万语

满胸臆，欲诉欲泣无从。长吁三声问天公：为何射日手，不许弯大弓。翻云覆雨人间事，过耳过目无穷。谁主沉浮与枯荣，欲平心中愤，唯唱大江东。

江平：法学家、中国政法大学教授。1983年～1990年历任中国政法大学副校长、校长。曾担任七届人大常委、人大法律委员会副主任。1988～1992年任中国法学会副会长。

刘血花：婴儿的眼光看世界

刘血花是一个普通人。大历史传奇中的泰斗和功臣们，如天边星月，遥不可及；那些平常时日中的平常人物，往往隐藏非凡的惊心动魄，近在咫尺又行于无形，它的力量可以使平静的水面骤起涟漪，苍白的旧日起死回生。

1980年，花城出版社的一本小薄册子，名《忘却的美》，时隔多年作者名字我还记得清楚，叫刘血花。按照现在的话说，那本书应该是“成人绘本”，一本书里全是文配图，以第一人称讲述一个婴儿的成长史。比如它开头说：我出生在夏天。在摇篮里的日子，我以为世界总是这样摇晃不定。比如它还说：我首先要学会分出手指头、奶头和橡皮奶头的区别，以免上当。有时我费了很大力气吸奶，结果发现吸的是自己的手指头——要知道，人一生下来就开始了学习的历程，它包括纠正自己的错误。我对它偏爱，还清楚地记得另一个段落：我的麻雀给老猫吃了。我对猫怀有敌意。奶奶说，不要打猫了，它怀有小猫。我不相信破坏生命的东西能孕育出新的生命。

它描画人之成为人以前的混沌与蒙昧：婴儿的独白，与世界的天然联系，成年人的根脉与底色；没有是非感的哭与笑，在区分自我和他者之前的一派无私，利益取舍还没有侵蚀心灵以前的淳朴天然。还有对母亲、自然、生死、有无、正邪、美丑、善恶的好奇和初识——它是哲学也是美，包容万物又干净如一滴水。在几十年的江湖行走之后人们都已“相忘于江湖”，而它居然呈现人之初的日记。

刘血花并不是生活在真空里。相反她的命运像她的名字——血与花，如菊与刀一样，有着柔刚动静、喜悲吉凶的两极，生活中充满了大起大落。她出生在1938年。父亲是医生，奔赴抗战前线抢救伤员。人民在牺牲，花儿仍要开放，那天父亲刚看完苏联电影《战地之花》，回来她就出生了。血花就成了她的名字。当时爱国志士曾组织一个剧团，就叫血花剧团，丁玲、王洛宾也在其中。

上世纪50年代，她19岁时被划右派。当年学校要大家对“反右”谈看法，没人敢发言。她想：团干部带头，早说早了，可以回家。“我对‘反右’一无所知。找报纸来看，感到右派言论大多很正确，支书也一再强调‘知无不言，言无不尽，帮助党改正错误’。当时我年纪太轻，就说认为右派言论是对的，然后全班同学一致反驳我、批判我。”“有不少农村来的同学，平时常对我说城乡差别大，农民吃不饱。可是在会上，这些话他们非但不承认，反而推到我身上。我第一次见识了虚伪，他们把发言变成了演戏！”因为讲了真话，她被定为全校唯一的女右派。

她22岁被分配到广西南宁植物园。当时全园的人知道从上海分配一个右派分子来，以为是一个青面獠牙的魔鬼，却看到一个妙龄女郎，还那么年轻时髦，简直目瞪口呆。60年代三年自然灾害，人们自己开荒种玉米，再到老乡家找磨，将玉米磨成粉。“有个桂林人秦继诚带我去老乡家磨玉米。我先磨，他后磨，我发现自己吃亏——磨盘中残存的玉米粉，他后磨就归他了。我又不好说。在回家的路上，他还我一碗玉米粉，比留在磨盘上的多得多！我心想，真是小人遇到君子——广西人帮人总是在暗处，上海人帮人却在明处。”后来她嫁给秦继诚，不幸秦继诚在“文革”死于非命。她后来的第二任丈夫、雕塑家黄君度也英年早逝。

“文革”时期，现实更剪断了她的风筝线，她随时有可能坠落和毁灭。她一度在自杀的边缘。屈辱和折磨，是她的日常课。“我羡慕那些死去的人，因为那时活着比死更痛苦。我之所以没有自杀，完全因为我的孩子。为了他我必须咬紧牙关活下去。”然而“血”与“花”也同时作用于她。人有一种奇异的自救能力，这使得她一方面经受政治高压的摧残，一方面美向内心生长，从未忘却。

或许她的天性中有她父亲的影子：天真，性情，带几分不谙世事的狂野。她父亲刘任涛抗战时期曾在南昌兵站医院当院长，著名的眼科医生，也是编剧和作家，曾为刘伯承将军安装义眼，被史沫特莱称为“我见过的国民党中最好的医生”。“文革”时期，刘任涛五十多岁，看见武斗时惨烈的伤者，医生的天职使他居然奋不顾身地扑过去抢救和包扎，结果当场被红卫兵打断四根肋骨。

她常偷着在果园的草地跳舞，旁边的榕树，高大壮丽而又生机勃勃。这里有一条清澈见底的良凤江，可以洗澡、洗衣服、摸螺蛳，还可以挑水，她常常自绘漫画——打柴、吹火筒、抓蛇、挑水，并擅自贴在食堂的墙上，群众看了很开心，但搞政治的人却很紧张，以为凡不是组织委派的任何照贴，都可能是反动标语。但看漫画的内容不过是生活小事，以为她吃饱饭没事干才有这份闲心。这是《忘却的美》创作的雏形——在畸形的血泊中开出一朵花来。

有一次，她的两三岁的儿子惊喜地发现蜘蛛网上的露珠。他那双惊异的眼神使她不能忽视、不能忘记。孩子慢慢地帮她找回生命之初、忘却的美。她对世事的丑恶选择了宽容，忘却的美成为她活下去的理由。

在改革开放年代，她的青春已经逝去，但是狂野的心却没有消失。1991年，刘血花突发奇想：请王洛宾来桂林，为贺敬之的诗《桂林山水歌》谱曲。那将是一首多么绝妙的歌。丈夫黄君度认为这个想法“天真得离了谱”。可刘血花托人几经辗转找到王洛宾，附上抄写工整的《桂林山水歌》和一封信。她在信里说，沙漠之所以存在下去，是因为它们梦着绿洲。苦难的人之所以能活下去，是因为心中有一首歌。或许因为“活下去的理由”是他们的通道。王洛宾把《桂林山水歌》的第二段谱成一首歌，名为《漓江情》，并于1992年6月底至7月初，如约前来，在这个奇异的普通之家小住数日。那些对于生命之初和生命本真的话题，使他们彼此没有感到陌生。

刘血花：广西桂林园林局干部。改革开放初期曾出版亦文亦画的小册《忘却的美》。其父刘任涛抗战时期曾任国民党南昌兵站医院院长，著名的眼科医生。丈夫为雕塑家黄君度。

张黎：英雄常怀赤子之心

滚滚长江东逝水，浪花淘尽英雄。那些历史传奇中的才子、富贾、泰斗和功臣们，往往是天边星月，遥不可及。大时代普通生活中的普通人们，还是对身边的那些历经挫折磨难、委屈苦楚、辗转颠仆，仍怀赤子之心的人，仍旧质地不改的人，仍具信念、激情、真挚和达观的人，心怀敬重。张黎将军就是这样一位令人敬重的军旅诗人。况且，人们生活中一次次灵魂的惊心动魄，往往没有大到可以惊动历史，它们只是瞬间发生在皮肉包裹的内心深部，稍纵即逝，不露痕迹。张黎将军的诗集《谐语人生》就记录了这样的一些人生的瞬间与永恒。

张黎将军是山东省青州人。他的生命之树可谓枝叶繁茂、根须扎实：他生于齐鲁，三岁丧母。几逢荒年，冻饿近僵。大娘老嫂，汤米以飨。三跪四叩，难报其养。“大跃进”年，拒伪求真。十年动乱，舍命谏言。芸芸大众，随波逐浪。众“醒”我“醉”，至性至情！凶劫躲过，亦悲亦喜。人生正道，百炼成钢——这样一个人，当过工人、战士、指导员、领导、将军；遍走农村、海岛、高原、戈壁、雪域……他阅尽世相百态，忠言佞色，险滩急弯，人间冷暖，但终怀赤子之心，本色不改。诗以咏志，笔录成行。“求实”与“求是”，是其一生信章。

张黎将军深入浅出，将“求实”与“求是”诠释为四句话：真诚地了解，诚实地践行，求实地研究，扎实地探索。意即：当下社会浮躁，更要求人们在认知世界、思考问题、探索新知、实践理念等方面，沉静，牢靠，扎实，真实。他说，“自己的人生经验，凡是做得对的，有所收获的，均为求实求是所得。反之，求实不足，求是不严，一定会出问题。”他也说，“一个人成熟发展的过程需要如是，一个国家的成熟发展过程更需要如此。”

求实、求是、说真话，有时候是要有勇气的。上世纪70年代“批林批孔”风潮之时，张黎将军写了一篇宣扬老干部求实风的文章，《解放军报》加按语刊登。但当时，“四人帮”正散布“老干部等于民主派，民主派等于走资派”的极左思潮。贴了一张大字报，张春桥在总政会议上严词批判并派人审查。但他仍然真心不改，不说假话！《谐语人生》中即收录“宁守气节不辱身”诗文以记之：昨日一稿天下闻，今朝恶讯忽盈门。江青令贴大字报，张春桥语更毒阴。在劫难逃速善后，传递消息皆同仁。审查大员相继至，逼讲幕后指使人。威胁利诱意图露，牵连无辜情怎忍！敢做就敢担后果，始终一句对百问：“撰写报送唯有我，关杀打剐任凭君。”秦桧寿高千秋骂，武穆早逝名长存。人生归宿谁能免，无非哪种更遂心。百岁沉疴床上亡，能比斗死好几分？实事求是党之本，宁守气节不辱身！

阴霾过去，时逢改革开放之年。他认为，我国当今社会封建余风、自由思想交汇，传统理念、时尚思潮并存，各项政策法规正在逐渐完善中，成就巨大，但也存在问题。因此，改革开放促进社会极大繁荣，文化道德建设更是当下的重要任务。可是当前，有的官员脱离群众，贪图享乐，钻政策的空子，搞腐败，谋私利，这就是官僚不务“实”、专务虚之症。有些都市青年，功利思想严重，不愿艰苦付出，不能脚踏实地，眼睛专看房子、票子、位子，虚浮飘忽，往往跌了跟头。这也是思想虚浮的表现。还有一种社会现象，即是信任危机、信仰危机。“你说的我不信，我说的你也不信”，世风中缺少实话、实事、实情，彼此间的信任度大大地降低了。这种社会风气，往往才导致“老人跌倒不敢扶，孩子被碾没人管”的社会事件屡屡发生。这更是世风缺乏真实、真心、真情的典型症候——种种情况，归结一点：缺乏“实”的精神内核。

有这些丰厚的人生作底，有这样丰富的思想浓缩，《谐语人生》便呈现出思想的深度、锐度、广度与纯度。首先，它写大时代、大历史、大政治，笔底春秋，纵横捭阖，观照到国家体制、民族命运、党的领导、时代兴亡、军队建制、现代科技等诸多方面。以诗论理，高度凝练。真知灼见，深入浅出。体现出一名老将军、老党员忠诚、坚毅、思辨、成熟的内在精神气质。

张黎将军读万卷书，行万里路，“与有肝胆者共事，从无字句处读书”，因此《谐语人生》对世相百态，体察洞悉，可谓无微不至。加上自己的善意和道德感，字斟句酌，尽现书页空白处。是为其次。

他写过一篇《历史长河看是非 · 劝连长》诗，写连长与教导员意见分歧，相互争吵，因劝道：“细沙波浪瞬间去，千秋之后谁记得？些小是非莫计较，不过两载如飞灰。”《媚言能使理智失 · 斥吹捧风》道：“猛吹猛吹复猛吹，肉麻赞美高分贝。媚语能使理智失，忠言良谏了信谁？”《良言一句三冬暖》中写一友人与上级发生矛盾，处境艰难。许多他曾经帮助过的人反而恶语相向，唯一友人说几句体己话。因记道：“矛盾交织愁眉卷，谁人能帮渡难关？人间友情未泯灭，只是已绝太稀罕。”《宽和量大避险情 · 睹争论》记一领导与下级谈话，下级百般顶撞，而其不愠不怒，从容交谈，矛盾化解，避免两斗互伤。因记曰“万物宇内各纵横，碰撞摩擦随时生。克刚多需柔性力，海纳百川乃有容”。其诗内容，从山乡流浪到闯荡城市，从野菜果腹到华宴殿堂豪饮，无一不包。至于秀丽山川、古刹名楼、风土人情，世界各国的军事政治、社会沿革、文化习俗、文明历史、古城遗迹、习俗风情等，皆入笔底。许多年轻人的生活问题、人生理念，也可以从诗行中寻找答案。在这个意义上，《谐语人生》更像是一位过来人与年轻读者的茶后小语，促膝谈心。

作者也因此近在咫尺，可望可及，可知可感，可亲可敬。

《谐语人生》从诗文形式上，锐意求新，赋予古体诗以新的内容、新的形态、新的生命，留下许多寓理于情、脍炙人口的名章佳句。

《谐语人生》即继承了中国传统诗歌的韵律，讴歌当下丰富的社会生活。即，以形式上的旧章老句，承载内容上的新鲜内在，讲的全是新事务，新故事，新概念，新情况。张弛有度，平仄严整。读来有辛弃疾“七八个星天外，两三点雨山前”的脍炙人口，马致远“枯藤老树昏鸦，小桥流水人家。古道西风瘦马，夕阳西下，断肠人在天涯”的言简旨远。如：《涌泉难报滴水恩》中说，“少小离家赴征尘，有幸跻身将星群。三跪难酬漂母惠，六躬怎慰两将军。”《安得廉洁清如水》中说，“典型虽有无穷力，制度不严也枉然。若得廉洁清如水，道德法律两规范。”《一生聚焦方有成》中说，“世间道路万万千，条条都走没时间。认准一条走下去，方能一直到峰巅。”如作者言：“余幼爱诗，也偶为之。自唐至今，律诗也浩瀚如海，韵律严谨。一阅而懂者日少。白话诗虽浅显易懂，然文字较长，传承引用者较少。有鉴于此，余取律诗与白话诗之隙，叙事喻理，记景抒情，集腋成裘，已千首矣！”他道：“参天巨树，需纭纭细草辉映，黄钟大吕，需牧笛渔歌唱和。因而不避俗陋，择其阐述人生小哲理者，辑成哲理叙事打油诗，另辟蹊径，以飨同事。”

张黎将军貌不惊人，却目光如炬。波澜不惊，却明察秋毫。酒桌之上，开朗健谈，平易近人。虽已年过古稀，偶拾短信段子，发童稚之趣，出惊人之语，令人忍俊不禁，又深思不已，众人皆鼓掌称奇。颇有“白发渔樵江渚上，惯看秋月春风。一壶浊酒喜相逢，古今多少事，都付笑谈中”之风度。

历史长河像月光下的粼粼水波，黯淡、平凡、静谧，没有表情。千百年来它们就是这样流淌的，并没有什么离奇。离奇的是在某一年的某一天的某一个时段，忽然由远及近地掀起惊涛骇浪，那些带着腥气的水星溅湿了岸边青草，让两岸的人们张大了惊骇的眼——在历史的一隅，书生行文作赋，不过是纸上的英雄；将军阅尽沧桑，是英雄坚毅地行走在纸上。这样的“真实英雄”，常怀赤子之心。

张黎：中国人民解放军副总参谋长，上将。诗人和作家，著有诗集《谐语人生》等。

阿来：诗人与拯救者

阿来早年写诗，《尘埃落定》是后来的事。《尘埃落定》的责任编辑、人民文学出版社的脚印也是川籍。她短发永远别在耳后，像上世纪80年代热心的团支书。《尘埃落定》获茅盾文学奖那年，她当着众人也当着阿来，说起多年以前黄河边上的一次笔会：记得那帮家伙喝多了，啤酒瓶子白酒瓶子横竖了一地。阿来和几个写诗的不知天高地厚的轻狂小子站在岸边的堤坝上，夜光里一起比着向黄河里撒尿。那时候阿来还是诗人，年轻、狂放，没有成名之累，仗着诗兴酒兴，肆无忌惮，为所欲为。

半成品的阿来我没见过，见到的是成品以后的阿来。成品阿来个子不高，说话慢，带川地乡音，眉间有一颗痦子。给人的印象是谈话间穿插笑话与哲理，有时候句子里还加了轻灵和飞升的魔幻感，像常人走路时出其不意地凭空一跳。不像有的文人，除了夸大自己的成就，强调自己的智慧，话听起来缺盐少醋，不好玩，也没有亲近感，处处藏着处心积虑的机关。阿来说话朴实，笑容简单，跟他说话既不费脑筋，也不费心，很有安全感。单看阿来的外表，会以为他是某个乡镇的企业老板。其实那时候他是《科幻世界》的总编，成天忙得脚打后脑勺，为发行量和广告额度操心，这工作似乎跟他的写作不搭界，和那个半神话半童话的傻子土司故事更是隔着十万八千里。后来为写作《空山》，他辞了职。

有一年，《北京文学》组织一帮人去康定、海螺沟、四姑娘山，大队人马先到成都聚集。当时阿来的《尘埃落定》刚拍电视剧，浙江另一作家麦家的《暗算》也刚卖了版权，俩人又有成就又有钱，又在爱热闹爱玩的年纪，作为东道主责无旁贷做东吃夜宵。阿来和麦家各开辆大吉普，整车整车地往店里拉人。成都的夜宵又热闹又讲究，川音声声入耳，霓虹灯下满世界纸醉金迷。我们都说“少年不入川”确有道理，人到这里很容易贪图享乐不思进取。阿来点了足够一个军吃的东西，看大家高兴又都在胡说，就玩笑道：成都小吃有两拨稳定顾客，十二点以前是打麻将的人下来了，十二点以后是小姐们下来了。所以生意永远不会萎缩，我们只能算是散兵游勇，锦上添花而已。大伙喝着酒，听了笑翻。

玩笑归玩笑，阿来的素质里似乎有一种与当前都市文化的不兼容。不是瞧不上，也不是忽略，也谈不上隔阂，是不兼容，不亲近，不是一回事。他是乡村荒原上一棵枝丫横生的野生的树，他的养料不在都市的绿草坪。所以，他对“民间文化元素”才有一种对母亲的血脉之亲。每年夏天，他会开着自己的大吉普，到海拔几千米的藏地乡村一去十几天，随便走一走，住一住，跟老朋友们喝喝酒，吹吹高原的风，寻找散落在田野里的他的魂魄。

在上世纪80年代，他曾经写过一个短篇小说——《阿古顿巴》，小说的名字就是一个人的名字。大约是“叔辈、舅舅辈”的意思。他说在藏族村落的每一个地区都有关于这个人的故事。不同的地区，不同的村庄，不同的人群里面都有关于阿古顿巴不同的故事。这就是他所说的“民间文学”的存在方式。

都市以不可思议的速度在侵蚀着乡村，野花全进了园圃，被规范化和模式化了。在这样一种大趋势下，他有一种壮士拯救乡村文化的豪情。他愿意在乡村文化被模式化和规范化以前，抢出它们残存的一点野趣和原始。他说，有一年他在青藏高原上，一口气拍了七八千张野生花卉的照片。那些镜头里美丽无比的花朵从来没有被描绘过。他说，面对它们，我的感觉是，无法言说。

“我们已经习惯了那些被描绘的花，当我们面对高原上那些美得令人震撼的无名野花的时候，我们可能都找不到词语来形容它。我们特别喜欢写被人处理过的东西，因为它已经产生过意义了。我们在这样做的时候不妨学一学民间文学的方法——直接的，简练的。”

他其实一直在这样做，以他力所能及的写作的方式。但是谁知道他是不是时代大风车前的堂吉诃德呢?

阿来:作家、诗人。代表作《尘埃落定》获第五届茅盾文学奖。

韩小蕙：不按常理出牌

我认识韩小蕙是1993年我刚刚大学毕业随《文论报》组织去石家庄开会。当时她在会场上被各色人等簇拥住，赶着叫韩老师。场面上恭维年轻记者，一般都说“有灵气，有文采”，这话跟恭维“你怎么越长越小呀”一样，搁谁都合适，当不得真。但小蕙却被人问，最近在写什么东西？——夸的是虚言，问的是实话。

十多年过去，当小蕙成为小蕙而不再是“韩老师”，我再叫她“韩老师”她就急。叫小蕙！她命令。在很多场合，她常常说：这我妹妹，或者，这我弟弟。有“天下谁人不识君”之谓。

小蕙烫个短发，圆脸，说话慢，声音带着磁性，一句是一句的，貌似温柔。其实接触长了就知道，小蕙这人刚柔相济，温柔里藏着小利刀，对人爱憎分明，眼里不揉沙子，说话也常常带着骨头。我觉得她的脾气是“外也不圆，内却

2012

很方”。比如她写散文，套路很硬，内容很实。不写养花种草，或灯下小品。那些忽然慵懒、吟弄风月之类的阴柔文字，为她所不齿。她热衷于介入现实，对社会问题发言。记得有一次讨论北京该不该砍掉老槐树，她激动得四处发表文章，说那些老槐树是“老北京的门风”，要求保护老北京的原汁原味。还曾跟着北京建筑建设设计研究院院长朱小地去看他的建筑物件收藏，专门和他探讨北京的建筑风格问题。这几年，她家里经常组织文化沙龙，那些人各种职业，穿着平凡，但指评江山却肆无忌惮，谈时政经济、医疗改革、高官内幕、最新禁书等等，让人听起来新鲜又过瘾。小蕙喜欢在沙龙里跟客人激辩，凡是她认定之事，必须逼人至死角，力求一个究竟。朋友都说，别让她眼睛扫着，扫着就毙你。小蕙常说，“虽然北京人被上海人嘲笑为‘家里都揭不开锅了，还政治局怎么着怎么着呢’，但北京人确实关注时政社会，散文也总得有点骨头啊。”

她作为散文家，对年轻人充分体现了爱幼风范，夸起朋友来不吝华辞。非典那年，我参加鲁迅文学院组织的为期一年的“中青年作家研讨班”。小蕙引见了鲁院副院长王彬。我去的那天下雨，王彬副院长冒雨接着我，帮我把行李提到宿舍门口，专门说，是小蕙叮嘱过的。我电话里夸她：“我看你行，能量挺大。”她笑道：“准确地说，能量特大。”

小蕙当然也“敬老”。往上推10年到15年，是小蕙驰骋江湖最繁盛的时期，李国文、季羡林、张中行、王蒙等人，她都过从甚密，是她的秘密军团。据说，季羡林曾说小蕙是新闻出版界的“五朵金花”之一。按小蕙的说法，你年龄小，你要有苦恼，可以跟我诉说；我要有苦恼，就得跟老人们诉说。前不几天，李国文还在邮件中跟小蕙说哪，“我的原则是寻找快乐。即使没有快乐，也从不自寻烦恼。”小蕙深以为是。

但小蕙这人有点怪，有时候她很迂腐很书生很认死理，不肯半点通融。这点朋友们都有同感。大家因她为人单纯，也就认了。最近《我的一九七七》一书收录了陈建功、雷颐、吴思、叶兆言、周国平、肖复兴这些七七、七八级大学生的文章。小蕙因书里有她一篇《怎能忘怀我的南开》，央视请她做节目，小蕙以“演员明星才用形象交流，作家还是应该用文字交流”而严词拒绝，似乎被冒犯。她有时候确实严肃得很。几年前，她组织几个朋友去长春参加奥林匹克雕塑巡展，同去的人里还有张颐武、邱华栋等。几个人吃过晚饭溜达着去听二人转。二人转嘛，也娱乐也庸俗也搞笑，我们几个笑得嘎嘎的，恨不能满地打滚。但小蕙在旁边一言不发，一身正气，散发着一股批判的威力，吓得我们几个也不得不吐着舌头，收敛起鬃毛，悻悻而退。这就是不按照常理出牌的韩小蕙。

韩小蕙：散文家。著有散文集《有话对你说》、《悠悠心会》、《体验自卑》、《欢喜佛境界》等。另编著有《90年代散文选》、《读人记》等。

朱晖：局外旁观高手

朱晖先生搞文学批评，早从上世纪80年代末开始，是十足的“愤青加青批家”。这些年他由热衷变为旁观看热闹，我觉得，完全是因为他对这个时代满眼的瞧不上。有一次开一个作品研讨会，我迟到了15分钟，进来时正有人发言。我战战兢兢，赶忙低头就座。所幸朱晖先生来得比我更晚。他进门时笑嘻嘻的，坦然旁顾左右，低声道：“呦，都到齐了——你们来那么早干吗？”

朱晖先生是将门子弟。以他现在的样貌推断20年以前，可以想象他那时候的“鬼”力四射：大高个，深眼睛，一笑充满了狡黠和玩世不恭，俨然一个贵族里的帅男。然而岁月沧桑更可以雕琢一个毛坯，使之深刻的同时也蒙上一层风尘。现在的他保留了良好的款型，外加了倜傥和松懈的风度。记得一次闲扯，他说，现在的文学垃圾，跟80年代怎么能比啊。那时候是要构建一些东西，现在是要拆解一些东西——好东西建立起来不容易，可说垮一下就垮掉，所以不能认这个真。老同志凭这把身子骨儿，以残弱之躯跟80后小孩对抗理念，又不在一个话语体系里，只有胡闹和出洋相。

朱晖先生平常说话，并不摆开架势高谈阔论，他只寥寥几句，玩笑间就将问题一语洞穿，且具有很强的针对性，也带着上世纪80年代知识分子的遗风余韵。有一次作品讨论会，有幸与朱晖先生坐在台下开小会。谈起写作，他说，你既然有这个兴趣，为什么不继续写啊。我无言以对，想起一些垃圾人垃圾事牵扯精力，也说起办公室政治。他打量一下我，估摸出实力有限，道，反正你非要鸡蛋碰石头，倒也没人拦着。所谓“超脱”，不是“我是你非”或者“你是我非”，而是根本不用辩出谁是谁非——反正你是你也是，不是你也是。说什么都你对呗！我想他的意思，无非是要我放弃与一些人的对话，同时也放弃对话背后的错了位的逻辑框架，所谓“道不同不足与谋”。这番见解并不离奇，倒是他的见识的表述和切入的角度令人顿开茅塞。他的这番话使我对年长十来岁的人难免生出敬意。因为以往年轻同志很容易错觉为自己在创世纪。而那些不再年轻的人，无论年轻时经历多么非凡，在他们眼里都是一页翻过去的历史：那些人仿佛生下来就那么老，永远不会懂得那些繁杂的心思。其实不承认不行，他们所到的境地，30多岁的人确实远远不及。以此反观朱晖先生对当下文学的态度，他其实是放弃了与垃圾文学对话的认真。而他的放弃，恰恰是源于严肃。它们，我指那些垃圾，根本进入不了他的视野。懂得了这一点，省了多少心啊。

应该说，朱晖先生的观点是严肃的，但平常的表述却并不显得严肃，不但不严肃，甚至还有些吊儿郎当。恰恰这一点，使那些卓有成就的、严肃得一身正气的女性们，很愿意把他当做自己顽皮的兄弟。我就听到过好几次她们带着大姐们的纵容和无奈说起他。前些年，一次，《文学报》徐春萍来京，我们因云南之行一路笑翻天，我设局请饭责无旁贷。来的人里有《蒙面之城》的作者宁肯、刚刚写完《德龄公主》的徐小斌，也有评论家朱晖先生。小斌正为设不设自己的博客而犹豫不决。我们都说，以前见面都问，离了没？现在见面都招呼，看没看我的博。为什么不设？时髦啊。朱晖接笑道，那天上某某人的博客。看见有人问，最近好吗？答好；忙吗？忙；来转转看看。答太好了，欢迎。没事那走了。答好啊，再来啊……我们都沉默着听下文。他狡黠笑道，其实我觉着这样，还不如发短信呢——你们说哪。

当然他也有严肃的时候，这些年他一直主编着《光明日报》的“文艺评论”，那上面刀光剑影，对当下动态密切关注，表现出一个老行家的功力。他的不严肃和随意更多地表现在对待自己上。有些人对于开作品研讨会的排名和座次非常严肃非常在意。朱晖对此似乎毫无感觉。有时候名签明明在前头，他非要在一个不起眼的地方坐下，或者和人谈谈话，或者出去抽支烟。但是无论如何，和他谈几次话，就知道他其实是一个愿意局外旁观的高手。

朱晖：评论家，毕业于中国人民大学中文系。《光明日报》“文艺观察”版主编。曾任“茅盾文学奖”、“鲁迅文学奖”等评委。著有《无成》、《黥首之后》等。

潘凯雄：书界君子

我看张爱玲在小说《多少恨》里，描述她所认为的君子形象：……他年轻的时候不知道是不是有点横眉竖目像舞台上的文天祥。经过社会的折磨，蒙上一层风尘之色，反倒看上去顺眼得多……这是因为在中国传统的审美里面，君子能臣必是鼻正口阔，脸膛端方。白脸尖嘴必定是文弱书生或者奸佞小人了。

评论家、《双面人手记》作者潘凯雄，人称才子与君子，其外形正暗合了中国传统文化中的正面形象——浓眉大眼，鼻正口方，身高八尺，形容俊逸。称其才子，基于他上世纪80年代毕业于复旦大学中文系，在中国改革开放、文化启蒙之初，迅速成为中国文学评论之重镇而持续30年来为中国文化的复兴繁荣鼓与呼，先后出版《现象与沉思》、《性与爱的困惑》、《文学批评学》、《历史描述与逻辑演绎》等前卫先锋的文化批评作品。称其君子，盖因其江湖行走，阅历丰厚，“写作勤疏不均，读书性情犹存”，以书涵养内在，书生意气不改——史学野说，巨著小品，杂学经典，皆入视野，涵养而内化。同时品性正直，行为端方，与文学界从大家至新手，不分亲疏高低。为人处世，友善诚恳，以至于与周边人等相互效力，融为一体，互相引为同道——虽这些人流派不同，性情各异，纠葛多端，流变绵长，但对潘凯雄评价则同出一辙：也才子，也君子。

《双面人手记》是其人作为文化人和出版人双重身份呈现的一个完全的精神域界。他在自序中这样说：“双面人既指出版与读书，更是我对出版人的理解——2006年，我有幸获得首届中国出版政府奖，当时谈到出版人之内涵：文化人，职业文化人，文化商人……出版人首先是文化人，文化人第一要义是必须要读书……因此《双面人手记》更多地散发出沉郁而内在的书卷气息。”

作为读书人，该书中包括“读闲书，闲读书”、“阅读的深与浅”、“拒绝边缘化”、“传媒批评该是啥模样”、“读书有感系列21则”等读书随感；作为出版人，既有对出版领域如退货、书展、维权、书价的专业点评，也有“出版十惑”、“我所理解的出版创新”等宏观大略，更有对铁凝、王安忆、王朔、池莉、阿来、张炜、杨志军等作品的真知灼见——不全是肯定，更有中肯的要害点穴和七寸正打！

如，一篇文章列举了三种让人不胜其烦的文本样式：一是沉溺于一己之小情感和小情调，嗅不到一点点时下生活的气息；二是作者故作冷峻状，不带丝毫情感；三是皮相般地玩技巧，怎么疙瘩怎么来。用潘凯雄的话说：这些作者在拒绝读者，也并不关心民生疾苦。书中也说到有许多出版人不读自己出版的作品。对此，他是不屑的，他不愿做那种不看稿、不读书却在那夸夸其谈的所谓出版人。

其人长期隐于书中，与书为友。众人都说：你们这个工作就是看书，真好啊。在他看来，“作为职业出版人，终日以读书为业，只不过这时的所读之书伴随着专业而行，谈不上个人有多少选择的自由。”他认为，阅读分为两种：职业阅读和读闲书两种。职业阅读往往苦乐参半，读闲书则无拘无束。以他的自由散漫而文化感的性情，自己更倾向于后者。他主张：“读书致乐”，先有乐，才能读，读多了，总有用。

潘凯雄其人，我等戏称“凯老”。以我等看来，他似乎行为举止中，既带有中国文化官员的严密的秩序感和内部规范，又不失中国士人的自由奔放与独立精神。而这两点风格的杂糅，搞不好往往是冲突的。凯老却以极静化极动之风，当进则进，当退则退，当满盈则满盈，当留白则留白，处理得和谐有序，拿捏精准无误，而处世的水准分野，往往体现在一个分寸上。

因此人丛中，其人虽然也热闹随和，却时刻站位于高端或旁侧，保持着理性的判断和高傲的心性。对于跃矩于文化规范之外的人与事，则毫不掩饰地嗤之以鼻。或许他骨子里，本是一个性情的文人。带着上世纪80年代知识分子与生俱来的欣荣之风和自由气质，也充满着对时代社会的责任感和使命感，更有复旦扎实学风之韬晦熏染。这些基因构成了他处世为人观念态度的来龙去脉。另有现在的知识分子，很多可称为有知识、没文化。即才学成就，光芒四射，然而文化感、道德感，却匮乏生涩得很。凯老为人做事透露的文化感、道德感，大音稀声，化于无形，令人敬重。

当下文化大潮，热热闹闹，鱼龙混杂。他曾感叹："曾经我们倡导的是多读那些经得起推敲、耐得住咀嚼的厚重之作。而它的权威地位却在今天受到了挑战。因为浅阅读时代来了，大量快餐式的、蜻蜓点水式文字大行其道，读者更倾向于读图或读一些浅显且篇幅较短的文字……"他坚持认为，现代人浅阅读的心态是，没有多少人还能捺得住性子去体验、去追求那种深度阅读的愉快。他说，"我极赞同深度阅读的愉快。这样的愉快，只有在你平心静气，潜入书中，才能获得与作者的通感。如今，多数人已经没有这样的情趣了。"

他更在《双面人手记》中发出十问十惑，提问是针对社会问题的提问，困惑是面对多元文化的复杂困惑。他的困境在于生不逢时。嬗变的世界越变越凌乱而多元，那些他青年时代所构建的道德观念、价值体系与文化秩序，几乎土崩瓦解，几乎被娱乐——弱智的无智的——所置换，而新的秩序尚未建立。这时的他只能在新与旧的文化夹层中叹息，只坚持着发自内心的思与痛与问与惑与感与期待。因为其人内心，从未放弃忘却过对中国传统文化的内核的追求，以至于身体力行。

潘凯雄：评论家，人民文学出版社社长。1983年毕业于复旦大学中文系。曾荣获首届中国出版政府奖优秀出版人物奖。著有《现象与沉思》、《性与爱的困惑》、《蔚蓝的梦》、《文学批评学》、《历史描述与逻辑演绎》等。

王必胜：性情中人

董桥说，中年是下午茶。那么“中年后期”就是下午茶反复冲续存留的余温和恬淡，如一轮下午四五点钟的淡水太阳，在明媚与黯淡间一寸一寸温暖而从容地沉落，那些惊人的绚烂以不规则的魔幻形态与诡异颜色向天边突奔。我以为评论家王必胜的《东鳞西爪集》书中文字即内含了如上多重素质和气象。50岁以后，平静下的惊险，从容中的悲喜，笑谈间的大起大落，还有到了“人过中年天过午之后”的圆熟与沧桑感，密密实实地潜伏于文字的平实表达中。

一个人在生死边缘的记忆不可谓不真，情不可谓不深，悟不可谓不透，话语不可谓不实。比如其中的《病中日记》——王必胜近50岁突生一场脑血管大病，时过半年，又以潇洒的身姿活跃于文坛的时候，头发染霜，笑谈依旧。他回过头来说起这些事带着股过来人的散淡和骄傲感——怎么做手术，对血管中薄弱处进行介入；怎么几个哥们儿轮流陪床，按摩他“狗日的臭脚”；怎么在情急之下大伙果决地决策生路又微妙地安慰；怎么病愈之后出世旁观又入世超脱。男人间的友谊从来不是正襟危坐、海誓山盟的。那些平常的嘻嘻哈哈、浑不正经在关键时刻派上了用场，当然背后藏着自上世纪80年代以来“文坛三剑客”间积存已久的信任。文中对危难之交的朱晖、潘凯雄、林建法、李辉、黄育海们的悉心照料、忧心如焚的细节，有着极为生动感人的记述。病中危急，事事如麻，他并非一本正经地表达，只在笑谈中举重若轻，点到为止。

好的文字不在于技术而在于气质；就像好的人才不在于容貌而在于风范。我看见了那些浑圆又无痕迹的本真存在贯穿于文与人之间，并且飞升于形而上，超越于文本本身而标示着人生的高度，还有在人生高度上的自信和达观。达到这些固然需要阅历和学养，更需要沧桑与彻悟，当然还有语言表达时候的性格的俏皮和游刃感。他在后记中玩笑说：“为何又是‘爪子’”——意即上次出书是“雪爪”，这次是“东鳞西爪”。还是“爪”——那是人生和文学的刻痕。

男人的中年是青春终结、透彻地知天命的开端，惊天动地的大事都幻化为顺其自然和惯看秋月春风时的气定神闲。有这一股神韵和气场贯穿于文章之中，王必胜的文字就不局限于文字本身，而是带着一股睿智气质和力道，穿透人生世相。他的《五十断想》即是一个例证。他说：“日子是日月的使者，人生就在这不知不觉中过活，生命就在这重复中流逝，时间就在你的不设防中过去。或许，你是一个不太关注那得失荣辱的，不太计较那上下进退的，不太在意周围的尘嚣甚至蝇营狗苟，不愿同流合污的，有时，虽不是独醒却心偏自安，虽不自高矜持却得一种自在。没有那么多的负累和喧闹，就没有那么多的精神负重，没有那么多的低眉曲迎就没有那么多的奔劳与损伤。坐看云起时，心安意自闲。没有准备的你或许更可平静，不至于，这年过半百就一头烦恼丝，缘愁似个长。”我以为其中尤以第一部分值得一读再读，反复玩味。

绵长的情谊也是该书最动人的所在，王必胜是物欲乱世中葆有情义的有心人。他在文坛驰骋30年，文事人情尽收眼底。如高山流水的顺势流变，那些该保留的一定要留下，那些该流散的一定会流散。沙里淘金，存留下几十封文友信笺，和文字背后的为人为文的品质鉴定。韩少功、方方、朱苏进、池莉、徐怀中、蒋子龙、刘震云……小说大家字体各异，口吻有别。“必胜兄”、“必胜同志”……带着上世纪80年代文坛同道的拳拳之心。这是一份情义的宝藏，也是一份文学的实证，还有一份文人墨客们的手迹与书写。颠扑不破的除了真诚还是真挚、真心、真纯——时代所缺乏的，人们所忘记的，世人所不屑的，旁人所忽略的，他都记得，并且齐整而像样地，把心灵交往的零零碎碎，编整成一札一束。其间自有私人情感，更有说书论文的心志。

王必胜台上评论，气宇轩昂，必定宏观叙事。而平常讲话，口若悬河，趣味横生，那些骨头和要点都埋藏在话语的衔接之中，需要智力操练方能领会。而喝酒笑谈，反应极快，更是拿手。记得他说他养一只猫，养了十几年。生活极其规律，照顾极其细腻，性情极其骄纵。“它还活着，一点病也没有。”那只长寿的猫反映出他平稳而优适的生活状态。此外，他还爱好摄影。回想起来我有几次很好的照片都出自他手。他往往笑谈间不经意地一下“咔嚓”，人情风物已被剪裁于他的视界，而效果往往灵动之气横生。他的书选择了他多幅风景人物照，倒也是作者另一侧面之才华显现。

现在交往人，我愿意与50岁以上的人谈心。现在读书，我愿意读50岁以上的人写的书。因为他们的人生智能已超越了凡俗之事，到达悟性的巅峰。男人五十，必定心智丰盈，枝蔓茂盛，淡然顺生，性情为文。读王必胜的书，犹有此感。

王必胜：评论家。毕业于武汉大学中文系，《人民日报》文艺部副主任。著有《雪泥鸿爪》、《东鳞西爪集》。数年编著《年度全国优秀散文选》。

高宝军：陕北的歌者

他的故乡是陕北。他把陕北说得真切，说得通透，说得由表及里，说得深入骨头缝儿里，说着说着气就提起来了。他说陕北女子，“在陕北，到处都能看见俊女子。村口路畔上，街头巷尾间，你会看见她们一个个端格婷婷身材黑格幽幽发，白格生生脸蛋齐格蓬蓬牙，红格当当头绳辫梢梢上扎，毛格簌簌眼睛会说话——这些陕北女子，牵挂着陕北男人宁愿在黄土地上刨达一辈子，也不愿离开半步。”他说她们相貌好：“陕北是山区，出门就爬山，抬腿就翻沟，这些女子从小就在山上玩耍，大了在山上干活。喝山泉水，吃新鲜粮，长得红是红，白是白，红得美丽，白得干净。”他说她们的气度：“陕北是一个封闭保守的地方，她们从小就接受传统教育。一过十四岁，母亲对她们的管教就更加严格，要她们坐有坐相，站有站相，吃饭有吃饭的姿态，说话有说话的分寸。坐着时不能叉开大腿，端碗时不能把碗底坐实在手掌里，喝汤时不能噙着碗边大口喝。外面有人喊家里人，只要有男性在，她们就不能飞奔出去答应——如有不对，父亲就训导她们没有稳重气。”他说她们的性格：“陕北女子美，美在她们的含蓄沉稳。有十分的能耐，最多只说五分，有时连一分也不说，硬是把自己往低里说。明明精精明明，眼睛会说话，你问她什么，她会说‘不晓得，解不下，我憨着呢’。明明拥有许多东西，她偏说‘一丝丝，一点点’。别人一夸就反驳‘快不要笑话了’。那声调、情态，朴实可爱。”

比世界先要比女人。相比于他眼睛里的陕北女子，现在许多都市中的女人，简直像社会机器生产线上批量生产出的复制品：时尚，趋同，乏味，心智唯高却难脱俗套，连化妆和声调都同出一辙。她们的生活片段一经剪裁就是杂志广告——奶油蛋糕就是这样生产出来的：蛋糕的坯子，加奶油，加花饰，加金粉，加点睛之笔，经过多次雕饰和修正，形成经典的假象。陕北女子万幸没有被“现代”所毒化。

不仅仅对陕北女子的描述，高宝军的整部《大美陕北》渗透了原始的朴素和传统的素质——它正是从黄土高坡来的原汁原味，它点醒了现代都市人内心中被遗忘和屏蔽的盲区域：率真的心，血里的随性，和引向深入内里的一派天然存在。它有与生俱来的黄土民族的属性，也有时代所稀缺的安稳与实在，更有世界迅速变化时的固执与坚守，以及乱花迷眼时的对那一点人性本真的把握。它以不变应万变。

文化是什么？可以是自然。一条蛇蜿蜒走向时的变化斑纹，留一个幻象，一寸一寸的姿势改变，无声的动态；可以是道德。杀羊时的一点点仁慈之心，一刀结果了性命，留下小羊羔子，让它们在咩咩的呻吟和恋母中，完成生命的使命；可以是孤独。在静得可怖的高原或者海上的剧烈嘶鸣，让天听到，让地听到，让海听到，让不知名的昆虫和未来听到。可以是花，是歌，是岩石，是窗花，是有形，是无形，是具象，是抽象，是人类孤独和排解孤独的方式，是历朝历代人们对世界和自身处境的悲喜记忆。

贾平凹的陕地，是腻的。陈忠实的陕地，是硬的。张艺谋的陕地是传奇，路遥的陕地是疼痛。高宝军的陕北是自己的心：一星一点的真心实意，零零碎碎的少年记忆，片段的场景，散在的画面，加上陕北天之精地之血的哺育喂养，生成的深入骨髓的陕北情结。他在《高原看云》里说："夏日正午，烈日如火，小河枯竭，大河如线，山生眼色，黄土呛人。"他在《陕北看山》里说："山如群象野奔，沟似九曲连环，一山有一山的风姿，一沟有一沟神韵。"他在《见面面容易拉话话难》里说："陕北男人嗓门都大，说平常话像吵架一样。他们一边劳作一边拉话。山上风大，声音小了对方听不见，因此形成高喉咙、大嗓门的习惯。这一点在放羊人的身上表现最为突出。无论多么斯文的男人，放两年羊声音自然就大了……"他写陕北的吹鼓手、闹秧歌、剪纸诵、说书过年、相亲回门、祈雨听书，他写陕北的荞麦、拦羊、毛驴、石磨、庄稼、沙棘。他把陕北的《清明上河图》般的描画，行之于刀刻斧凿，化之于心肝肺腑——那些具象的百态，被抽象成一个概念，一个印象，一种记忆，一段历史，一种独特的文化表达。他是一个陕北的歌者，边走边唱。

高宝军：西部散文家。代表作《大美陕北》。

董立勃：人从后部的思考者

2003年，是新疆作家董立勃急速崛起的一年：军垦小说《白豆》被《当代》看好，配了“编者按”刊出，继而出版；正是需要亮相的时候，人又从新疆跑到北京鲁院二期学习大半年——所谓学习，就是会朋友、吃各种社交饭和写小说。一环扣一环，环环不松扣。俚语讲，“升官发财死老婆，好事全一起来了”。要知道《当代》的大编们是非常挑剔的。我记得有一年，《当代》某大编、陈染加我三人开车去郊外798工厂的一个画家家。路上陈染问你这衣服哪买的？我说意大利。现在旅游这么方便，到意大利还是比较方便的。某大编一撇嘴道，意大利，不就是欧洲的乡下嘛。还有一次，他随便说起一些小说道，这类东西也就发发《青年文学》吧。谈话间透着《当代》的优越感。我印象至深，仰视之至。可以推想《当代》看好董立勃，董立勃的幸福感和成就感。

我初到鲁院，看见一个粗壮、大胡子、未语先笑、说话有点结巴的人，原来就是董立勃。我想起以前人家拆解大胡子——不是画家也是书法家，至少是个导演吧。但老董还真没透露出幸福感或得意忘形或造作之感。不但没有，应该说那人很低调、谦和、亲善、寡言少语，还带三分懵懵懂懂。在鲁院半年，我记得他总穿件酱紫色半旧上衣、牛仔裤，戴副大框眼镜。即使换了季节，衣服颜色也从没鲜亮过，所以给人感觉他总是兀自行走在生活的边缘和暗处，睁着两只观察的大眼睛，搜寻一个故事。老董走路匆匆，人总没睡醒似的。那些伶牙利齿的女同学，摆个POSE，在老董面前一撒娇，老董好像全没懂似的，哈哈一笑，一下子破了气场，完全没有接受信号的意思。

老董是鲁院二期的大哥。那帮人每晚吃喝玩乐，歌舞升平，抓住青春的尾巴制造最后的浪漫。但基本很少见到老董。老董呢？有人问。屋里写东西呢。有人说。可见老董人到中年后的定力和稳当劲儿。也许老董确实喜欢在喧闹的背景音中，进入自己的梦想世界。他在任何人群中也不挑头，不显山露水。我只记得有一次，《小说选刊》请客，几十桌一摆开，十几箱啤酒下肚，大家就疯了。好像四面传来的字只有一个：干！东北来的几位在酒桌中间翻蹄亮掌，撒了欢儿，合唱“大姑娘美来大姑娘浪，大姑娘走进了青纱帐”的酸曲。老董淹没在人丛后部，手舞足蹈，完全进入半痴状态，闭着眼睛扭起秧歌来。也许他自己都忘了，我却记得他没有顾忌、没有警惕、没有思考的一刻。

2006年新疆书市。记得新疆的草场、葡萄干、天的蓝色、大盘鸡，足以醉人。当时北京作协一席人、中国出版集团一席人、新疆作协一席人聚齐新疆。老董当主办方，我联系北京方，他组织新疆方组织一场大规模唱歌。结果三方人都到了，老董并不像场面上的领导，招呼和寒暄非常专业，他居然很不得体地陷入了沉默和低调，坐在人丛后部的一个矮凳上，回归了安静。我说老董，怎么这么深沉？老董偏头道，领导来了，多没劲哪。好像他自己是一个无辜的小青年似的。

在新疆老董请我吃大盘鸡，还是沉默少语。再来碗面吗？我说行。再来盘鸡吗？我也说行。他也并不打听北京那些写家们的各类新闻。他说，那些都离我很远。但说起军垦小说，他忽然眼睛发光——还接着写军垦，读者爱看吗？我说董兄当然，这是你专利啊。他又陷入沉思。也许觉得需要突破以往的套路和阵势。我认为他内心真正关心的绝不是场面上的虚荣和喧闹，也不倚在以往的成绩上混饭，还真是在想关于创作的问题。

董立勃：作家，新疆文联副主席、新疆作协副主席。代表作长篇小说《白豆》、《米香》、《青树》等及小说集16部。

邱华栋：天才的生存之道

2000年云南之行，红土蓝天，好风如水。几位女写手胡扯道，这年头要说爱，只有克林顿和切·格瓦拉值得爱；要说钦佩，只有孩子上了大学的女人和写作超过百万字的作家值得钦佩。徐小斌忽然话锋一转，华栋你写作也超过百万字了吧？成功者华栋手抚下颌，笑而不答。华栋少年时被保送武大，来京奋斗多年，趁年轻既耕且收，成就卓著，什么也没耽误。

我认识华栋是1994年。诗人洪烛约几个朋友在保利大厦门口见面。华栋当众对我表现了英国式的礼貌——据说英国绅士与女性社交，原则是必须赞美，也就是说把赞美当成任务。二是谈到女性不熟悉的话题时十分自责，立刻转向。洪诗人立刻揭露道，你别信他！他见了老中青三代女子，各备一套赞美之辞。也就把对象的名字换换，算是改标题、发重稿。后来华栋在我也在的场合，我发现他果然如此。并且他的赞美那么大张旗鼓，效果居然那么贴切自然——对女性赞美之没有原则，也算是一种原则吧。

1997年原《北京文学》副主编兴安组织去郊外，晚饭后卡拉OK。华栋唱的是郑钧的《回到拉萨》。郑钧的歌，怪异而鬼魅，且高且飘且疼痛，是流行一族里的垮掉派。华栋基本表现了原貌，高音悲怆，尾音带了吊儿郎当的京腔。唯一的出入是加了快乐情绪，显出了搞笑的效果。那阵子大家都年轻，玩得很疯。我记得他还当众模仿健美明星：叉腰攥拳把一条胳膊弯曲到最佳位置，以显示T恤衫下健美的肌肉。我想他的核心还是乐观的，表现在他的小说里，既都市化、现代性，又有疼痛的意思。但他在努力表现悲观的时候也带着乐观的调子。

华栋无疑是聪明的，也对卡尔维诺、索尔·贝娄、罗兰·巴特等颇有研究，在写作中充分吸收了外国文学的营养。一次，湖北一家出版社组织一些人写当代小说家的作品印象记。我被分配写华栋的短篇小说《寻找自己脚印的人》。我以前没有细读过华栋的短篇，现一学习收获很大。《寻找自己脚印的人》是一篇寓言式小说。故事以疯子老常“寻找自己脚印”为开端，呈现出一个极其荒诞的谜团。作者所编织的谜团之脉络筋骨，埋藏在一大堆无始无终的叙述里：老常沉迷于寻找自己的脚印，但总是失望得像个婴儿一样哭泣。他也常常面对着自己的思想微笑，与世界彼此失语。最终他发明了新的语言系统重新定义世界。“而重新定义世界的人，或许是疯子，或许是天才。” 在这篇小说里，华栋以一个名副其实的现代小说家的姿态，以无法则的创作使创作之物合法化，隐喻、转喻与暗示是他信手拈来的砖石。

但是，因为和华栋熟悉，我很难把如此深奥莫测的小说和单纯快乐的华栋联系起来。我只能认为，他这样一个人，带着许多复杂的性格成分。他的小说固然以老常为符号激烈地对抗世界，表现了现代人面对规则时无以摆脱的焦虑。而生活中的他，其实很知道世道规则的红线黄线，广种薄收，随机应变。在小说中思考的、悲观的、深刻的他，和生活中搞笑的、快乐调侃的、八面玲珑的他，这两个人都是他，只不过他在一天中随时转换着开关——我们谁又没有几个开关、一天中随时转换开关呢？这些开关的转换如果在年轻的时候显得生涩，随着岁月的润滑，越转换越自如。这大概就是一个天才在世俗生活中的生存之道。

邱华栋：作家。著有描写当代城市生活的《正午的供词》、《花儿与黎明》、《教授》及历史小说《中国屏风》。

臧健：让梦想飞

傅雷在《约翰·克利斯朵夫》的翻译前言中说，一个少年所面临的世界的惊险是不逊于成年人的。童年记忆尤其是困顿的记忆对于一个少年人几乎是一生的烙印，它开启了孩子的天目，使他们看见常人看不见的一个隐性世界。对于少年写作者臧健来说，她在成长期心目张开之时所面对的第一桩大惊险，竟是21世纪整个世界的生态失衡——大气污染，地震频发，绿地缺失，地球变暖，森林缩减，耕地沙化，水质恶化，非典流行，以及各种珍稀动物濒临灭绝等等。肆无忌惮的自然灾害，每况愈下的环保状况，使得这个青春女孩的视野变得老成而开阔，也使这个年轻的写作者笔下充满责任与忧患。这一起点使得她的写作从一出手就跃居现实主义的基点之上，而非童稚化的想象与浪漫、青春期的宣泄与独白。

现实感、责任感与忧患意识成为《背新闻的龙龟》首要超凡脱俗之处。《背新闻的龙龟》实则是一个魔幻环保故事。它所讲述的仁仁（龙龟）、知知（金猴）、楚楚（木鸽）、兴兴（水虎）、笨笨（火熊）、闪闪（土蛇）等是生存在地球上的普通个体。它们存在的意义是为了让人类、动物、地球之间和谐相处，也为了让地球母亲这个生物赖以生存的家园的最大限度的富饶与安定。臧健笔下的诸多人物从徐福东渡的琅琊出发，环游36个国家，耗时77年，宣传环保，传教世人，行善祈福，历经艰险。这位年轻的写作者充满豪气地说，“一个真正的写作者，应该是先知先觉者，敢为天下先者，为国谏言者，为民请愿者，担负时代使命者，领导读者灵魂者。”“前辈们的境界与胸怀是我所不及，但我愿毕生效力宣扬环保、呵护生命。”这是一个热爱生命、热爱和平、热爱绿色的写作者的真情告白。也是一个富于爱心与同情心的美少女的良好愿望。尽管现实生活的人们对于生态的残酷和糟蹋令人痛心疾首，但是小说里，臧健所创作的奇异妙境和对生态的坚定维护，使人们坚信地球上的大多数人会成为忠诚维护生命的环保卫士。令人惊奇的是，这一个重要命题竟然被作者巧妙植入魔幻小说之中。

事实上，在20世纪末文学对于现实的失语、21世纪初现实对于文学的失宠之后，对当下社会问题（如环保、城乡分化、草根）等现实触碰之作确属凤毛麟角。作家们尤其是青春写作者们，多着眼于穿越、鬼魔、搞怪等非现实题材，即使关注现实问题，也多以都市消费、身体欲望、财富励志为主要内容，真正对于困扰人们生存的迫在眉睫的社会问题往往盲目与失语，或者旁观和言不及义，乃至青春文学领域对环保问题的观照更是一派荒芜。《背新闻的龙龟》难能可贵地填补了这一空白。它如闪电划破暗夜，成为青春文学的另一道风景，另一种开端。

想象力显然是《背新闻的龙龟》的一大亮点。相比于同时代的青年写作者的局限的想象和不着边际的噪音堆砌，它的想象纯净而清亮，如水，如云，如月。一个人心里最痛的地方是不轻易示人的，但它留下的印迹会像毒素一样缓缓地释放在未来岁月里。作者臧健对于环保问题的疼痛一直没有停止过。按她自己的话说："由于人类行为失当引起的日益严重的自然灾害，正在一步步侵蚀着人类赖以生存的家园和人类自身的健康。生态失衡，天、地、人失和已经成为当前困扰人类的最大问题，以此为导火索引发的世界末日论、地球毁灭论等邪说谣言风闻四起。为宣传低碳环保、倡导生态文明，我精心打造了一部呼吁环保力促环保的《背新闻的龙龟》。"环保要义取法乎上，因此小说在情节设计上的想象力也超凡脱俗，奇妙无比。小说里，有河流山川、天庭下界、动物植物、城堡魔界。它的"婴儿背上有奇异的图案"，它的主人公们"从画上走下来"，"蟒蛇离开后荷花瞬间开放"，"夜空中往往藏着铁红的月亮"。通读作品，往往字里行间出现诗情画意。使人惊异于生活于当下、成长于网络时代的青年写作者们的丰富的经验储备和微妙的心理地图。

活泼的语言与独特的个性是作品的另一特色。文学作品尤其是青春文学或者少儿读物，如果具有感染力，最重要的是俏皮风趣的语言描述、纯真的气质以及个性化的表达。这类作品在上世纪60年代人的记忆中，还储存温馨记忆的有如《大林和小林》、《小布头奇遇记》、《小灵通漫游未来》等魔幻经典。《背新闻的龙龟》一书向全世界不同肤色的读者传递环保要义的同时，涉猎37个国家的风土人情。在情节的起承转合中，主人公龙龟仁仁背负的不仅是沿途的新闻传播，更有一种传播环保概念责任和使命——这是全人类的责任，这是时代的使命。小说中，仁仁（龙龟）、知知（金猴）、楚楚（木鸽）、兴兴（水虎）、笨笨（火熊）、闪闪（土蛇）等栩栩如生，俏皮可爱。它们的话语方式既带着21世纪少年人的时尚感，又有传统文化熏染下的书卷气。它们有是非感，爱憎分明，辨别着人世间的真伪与善恶。它们祈愿让这个所有生物赖以生存的大家园的生命再延长一些！它们期望生活在绿色的大家园中，呼吸新鲜的空气，喝没有污染的水。它们的小小的愿望虽然稚嫩得如同一只纸做的灯笼，但其中却燃烧了一朵小小的风暴。天真质朴，文雅可爱。令人难忘。

值得一提的是，书中的“暗格”的臧健所热爱的家乡。她的家乡山东是人杰地灵的文化圣地，这里因有“天下第一山”东岳泰山，有母亲河黄河，有文圣孔子、武圣孙膑、书圣王羲之，从而铸就了齐鲁大地“一山、一水、三圣人”璀璨辉煌的文明史。在这片圣人辈出的热土上，记载着祖祖辈辈立德、立言、立功，为了人类的文明进步艰难奋斗的足迹和历程。臧健感到这里有她的根基，是她传承命脉追根溯源的文化发源地。因此出身龙城诸城五大家之首——臧氏书香门第的她，秉承臧氏家训：“诗书继世，忠厚传家。”《背新闻的龙龟》一书所描写的文化旅游景点有胶南中国乃至亚洲著名的徐福东渡出发的琅琊港，漫山遍野绽放着火红杜鹃花的大珠山，中国北方最大的绿化苗木基地昌邑，历史悠久充满传奇可以写诗可以入画的潍河堤畔。诸城世界上规模最大的恐龙涧，一代诗翁臧克家的故居。当然背景里还有臧健的生长之地，美丽的青岛、帆船之都。

目前，年轻的写手们在网络上玩微博玩穿越玩魔幻。如果真能实现时间穿越，或者由于某一种魔力的驱使，而使当下活跃在社会舞台上的人们还原于丛林法则，又会呈现出怎样的众生相？但是且慢，为了不回到茹毛饮血的野蛮时代，保护地球、保护生命、保护绿色、保护山河，是全人类需要共同面临的问题。而文化感、道德感则是人类的内在束缚力，那些血里骨里的东西会在关键时刻发挥作用。因此文化是民族的血脉，道德是精神的家园。在这个大文化生态之下，在铸造灵魂的作品中浇灌环保之花，就显得至关重要。

臧健：90后新新写作者。著有《背新闻的龙龟》。

宁肯：一个人的《蒙面之城》

人都有一种嗅觉。所以物以类聚，人以群分；所以道不同不相与谋，话不投机半句多。凭借一种嗅觉，我知道宁肯是一个可以长期做朋友的人。虽然我和他谈话并不多，也并没有腻味亲密的交往——有时候话说得越多，知道得越少；相处越亲密，相隔越疏远。这是一种现代都市的微妙、交往的悖论、相处的荒谬。而且，我想宁肯也并不知道我对他的评价。但我仍然认为，他是一个让我可以随时抓起电话谈谈心事而不被客气和曲解所拒绝的人。

第一次见到宁肯是2004年《北京文学》组织去川西、康定、四姑娘山。当时大队人马六七十人，三辆大轿子车，每一天行程都在海拔4000米以上。沿途的沟壑边上随处可见“吊车服务，50元”的标牌。在这种条件下旅行是最可以看出一个人的，印象也是最牢靠。当时宁肯在网上连载的《蒙面之城》刚刚爆红，书由作家出版社出版，人调到《十月》

杂志任副主编，人正当红花正旺。但是他像一个成熟的旅者。中等个，平头，北京方言。穿着普通、舒服而实用。跟谁都客气随和地招呼，没有社交痕迹也没有亲昵的废话。我知道“越特立独行越平庸，越与常人无异越魔幻，越是心智别致越需要化妆，越是得意越自谦”的道理。以眼睛一扫，给他一个X光一样的透视，一眼瞥见他在自谦外表下与既定秩序格格不入的禀性。

人在某种程度上只能写自己。《蒙面之城》中的三个男主人公，每个毛孔都散发着野性。宁肯无意间透露了他自己：在现代文明的挤压下内心野性，却不得不选择的几种反常的出路。他喜欢写一些半好半坏的孩子，那些孩子做一些说不上好也说不上坏的事，让人想起《美国往事》中那些流浪、怀旧、感伤、反叛、调皮的捣蛋鬼儿。后来跟宁肯吃过几次社交饭。我记得宁肯在吵吵嚷嚷的间歇忽然低声说，你写的东西偏于心理。我很愿意写心理崩溃的小说。也许就是那一刻，我觉得我发现了一种语言，我是可以和他对话的。

人生舞台，生旦净末丑。有人喜欢在风口浪尖。王朔说他喜欢在一帮人后面哑着嗓子骂傻叉。我小时候的理想，永远是跳《红色娘子军》群舞中后排左起第二个，总之是愿意做台下走神的观众，起哄的群众演员。宁肯，我觉得，他既不是假正经的小班干部，也不是调皮捣蛋的坏孩子。他的关键词是面具，犯上，贪玩，清高，赌博，旅行。他内心骄傲，孤独神秘，厌恶人群又不愿脱离人群。正如他自己说，“在纸牌桌上常常与别人赌得昏天地暗，直到天亮，然后我陷于深深的孤独，脑袋一派茫然。”他喜欢这种异样，他是分裂的，像两个或两个以上人活在他的身上。他像是人群中的蒙面人。他也从事过多种职业，泥瓦匠、教师、推销员、记者，广告人，当过小官。

后来宁肯又出了新的书，比如《沉默之门》、《环形女人》之类。但人已经少了青春的痕迹。远远地看去，青春晚期的男女都是空气中放置久了的一只苹果，慢慢内耗，慢慢萎缩，然后迅速老去。他们，只有在鬓角和下巴的轮廓上，模糊可见青年时代狂放的痕迹——鬓角和下巴之于男人，正像额头和脖颈之于女人一样，是树上的一道藏不住的年轮。当然他们的腹部也会暴露年龄的秘密。他们的腹部暴露了秘密，正像女人的臀部暴露了秘密一样。反正男与女，在时间面前，一样的同病相怜。

他只在意自己的带着面具的内心。“我不一定要成功，但一定要健全，完整，长寿。”他说。

宁肯：作家。代表作有《蒙面之城》、《沉默之门》、《天·藏》等。

后记

严格说来，一个人极尽一生都不可能真正认识自己。旁人试图破译文字的密码、解锁灵魂的门禁，以鉴别真相认知全貌，更是不可能完成的任务——不要说每一部著述之于作者，正像支流与河床、枝条与根系，就是每一个细碎文字的组合构成，准确而极限地传达了灵魂，灵魂这东西也如空气般瞬息万变，扑朔迷离，复杂多义。即“我们时刻处于可见与不可见两个世界中的张力地带”（荣格语）。因此所有的读者与作者之间，都存在误会。即使瞬间地离近，也将永久地隔远。所谓见仁见智只是误会的另一套说辞。

对人心的知而永远无知，正是我为报章所做的“读书·识人”专栏遇到的悖论。他（她）们落在纸上的文字本是人生的残骸，早已流散于时间的废墟。我怎么能隔了时空抵达那个人的内心深部，并且顺着它的沟回没有缝隙地设身处地？关键是，生命的成长本是一段混沌、暧昧、矛盾而骚乱的历史。加之过去的自我总被新的自我覆盖与翻新……我究竟该窥斑知豹还是自言自语，甚至于完全地将错就错，以已度人，游离到更远处？我记得少年时代遇见的一位画家教给我的游戏：各拿一支铅笔，轮换着，在没有任何参照的白纸上彼此效力地画下去，直至出现一个完全意想不到的奇观。不知怎的时隔多年我仍然记得那个必须下笔又无从下笔的瞬间：一个依据，和破解依据之后的出奇不意——这个感觉鼓励了我。

这本文字主要是该专栏的结集。其中现代作家部分多为2009～2011年所作。当代作家部分多撰于2006～2008年的“印象”专栏。因此文体与内容风格并不统一甚至相去甚远。专栏的分辑大体基于他（她）们的年代与际遇，或者出于文本重量的均衡考虑，并无特别意味。如果将如上文字当做读书笔记或许过于苛求，它只是作为女性写作者的我对于中国现当代文化人物的浅显随想而已。

那些至性至灵的灵魂在“文革”中的际遇令人欷歔不已。在我看来，上世纪60年代至70年代的“文革”对于中国传统文化的腰斩、道德的蹂躏涂炭、信仰的毁灭和侮辱，其破坏性的效果是颠覆性的。改革开放30年的超速发展，那些被束缚的筋骨得以舒展，但是，也使得中国的都市文明在自我重构和外来影响中消化不良、变形和夹生。旧的价值体系不复存在，新的价值体系尚未健全，在一个道德空气混乱的状态中的人们难免迷失而东突西奔。而现在的都市，正像一只在瞬间膨胀起来的气球，它的心儿只有指甲盖那么一点点。或者它根本就没有心儿，有的只是被催情的草莓、机器养出来的冷冻鸡、注水的西瓜，还有裁剪得体的空心人。有时候我坐在房间一角，读他（她）的人生与他（她）们的心事，冷冷地朝向地毯上的某一朵花，过往和现在重叠而变异，即刻会陷入人生的最迷局，眼里的世界在瞬间呈现一种荒诞和变形：人的中部宽大，四边向后退去，一个个尖头方脸，分明是怪异的表情……或许，但凡社会转型阶段必然经历一段精神的兵荒马乱、信仰的分崩离析、道德的无所适从。但人们总想找到答案，千百年来都是如此。在迷乱中边寻找边表达，我总有种把自己潜植于他们中的借“壳”还魂的冲动，对于他（她）们的为文为人的品读也难免流露七零八落之语，或者加了更多心象过滤和主观想象，并且因为那么的肤浅局限而流于盲人摸象、断简残章，这种种都令我惶惑无比羞愧无比。但它们确是我对于世象人生的诚实的认识。

感谢作家出版社。感谢中国作家协会副主席、著名报告文学家、作家出版社社长何建明先生。感谢责任编辑汉睿。感谢专栏的始作俑者《中国青年报》副总编辑杜涌涛先生。更加感谢为拙作作序的中国作家协会书记处书记、著名评论家李敬泽先生。他们的智慧与仁德令人尊敬。没有他（她）们就没有这本书！尤其是作为出版职场强手的汉睿女士，她的责任心和合情合理的意见及建议，令我感佩。同时也是在她的允可鼓励之下，我才胆敢为该书自绘了插图。如上方家哂之，亲爱的读者给予批评。

徐虹

2012年3月北京世纪城

参阅书目

《我的母亲杨沫》 老鬼著 同心出版社 2011年

《郑振铎文集》 郑振铎著 线装书局 1960年

《郑振铎传》 陈福康著 上海外语教育出版社 2009年

《曲人鸿爪》 张充和口述 孙康宜撰写 广西师范大学出版社 2010年

《古色今香》 张充和书 孙康宜编注 广西师范大学出版社 2010年

《合肥四姐妹》 金安平著 凌云岚 杨早译 生活·读书·新知三联书店 2007年

《宪益舅舅的最后十年》 赵衡著 生活·读书·新知三联书店 2011年

《杨宪益传》 雷音著 明报出版社 2007年

《杂忆与杂感·杨绛散文》 杨绛著 生活·读书·新知三联书店 1994年

《所思》 张申府著 生活·读书·新知三联书店 2008年

《张申府文集》（四卷） 张申府著 河北人民出版社 2005年

《吴宓日记》 吴宓著 吴学昭整理 生活·读书·新知

三联书店　1998年

《吴宓诗话》 吴宓著　吴学昭整理　商务印书馆　2005年

《1937～1984·梁思成林徽因和他们那一代文化名人》 岳南著　2007年

《陈寅恪与傅斯年》 岳南著　陕西师范大学出版社　2008年

《金岳霖回忆录》 金岳霖著　刘培育整理　北京大学出版社　2011年

《伍尔夫读书心得》 弗吉尼亚·伍尔夫著　刘文荣译　文汇出版社　2011年

《罗孚文集》 罗孚著　中央编译出版社　2010年

《永远的朝内166号·与前辈灵魂相遇》 王培元著　生活·读书·新知三联书店　2010年

《卡夫卡·现代文学之父》 叶廷芳著　海南出版社　1993年

《思想与乡愁》 崔卫平著　北京航空航天大学出版社　2010年

《沉浮与枯荣》 江平口述　陈夏红整理　法律出版社　2010年

图书在版编目（CIP）数据

废墟之欢：我的读书笔记/徐虹著. －北京：作家出版社，2012.8

ISBN 978－7－5063－6307－5

Ⅰ.①废… Ⅱ.①徐… Ⅲ.①散文集－中国－当代 Ⅳ.①I267

中国版本图书馆CIP数据核字（2012）第027720号

废墟之欢：我的读书笔记

作　　者：徐　虹
责任编辑：汉　睿
装帧设计：棱角视觉
版式设计：任凌云
插　　图：徐　虹
出版发行：作家出版社
社　　址：北京农展馆南里10号　**邮编：**100125
电话传真：86－10－65930756（出版发行部）
86－10－65004079（总编室）
86－10－65015116（邮购部）
E－mail：zuojia@zuojia.net.cn
http://www.haozuojia.com（作家在线）
印　　刷：北京明月印务有限责任公司
成品尺寸：142×210
字　　数：170千
印　　张：9.25
版　　次：2012年8月第1版
印　　次：2012年8月第1次印刷
ISBN 978－7－5063－6307－5
定　　价：28.00元

作家版图书，版权所有，侵权必究。
作家版图书，印装错误可随时退换。